悟于俯仰间

梁金龙◎著

安徽师范大学出版社
ANHUI NORMAL UNIVERSITY PRESS

·芜湖·

图书在版编目（CIP）数据

悟于俯仰间 / 梁金龙著 . — 芜湖：安徽师范大学出版社，2020.7（2024.6 重印）

ISBN 978-7-5676-3571-5

Ⅰ.①悟⋯ Ⅱ.①梁⋯ Ⅲ.①杂文集—中国—当代 Ⅳ.①I267.1

中国版本图书馆 CIP 数据核字（2020）第 076991 号

悟 于 俯 仰 间

WU YU FUYANG JIAN

梁金龙◎著

责任编辑：陈 艳　晋雅雯

责任校对：祝凤霞

装帧设计：丁奕奕

责任印制：桑国磊

出版发行：安徽师范大学出版社

　　　　　芜湖市九华南路189号安徽师范大学花津校区

网　　　址：http://www.ahnupress.com/

发 行 部：0553-3883578　5910327　5910310（传真）

印　　　刷：阳谷毕升印务有限公司

版　　　次：2020年7月第1版

印　　　次：2024年6月第2次印刷

规　　　格：700 mm × 1000 mm　1/16

印　　　张：17

字　　　数：230千字

书　　　号：ISBN 978-7-5676-3571-5

定　　　价：68.00元

如发现印装质量问题，影响阅读，请与发行部联系调换。

序

○崔茂新

金龙是我的学生。他留给我的印象是爱思考、爱动脑，善于观察分析、归纳总结。而这恰恰是撰写言论、时评和杂文的基本素养。

我记得他在20世纪90年代初便有写评论的喜好，并常有千字短文见诸报端。尽管如此，当本书的初稿发到我邮箱的时候，我在感到欣慰的同时，也还是觉得有点儿意外。其一，他没有太多的时间专职写评论，平时工作不轻松，加班是常有的事情，这本书稿的撰写实属不易。其二，他的作品早就可以结集成册，据说在他们系统内也有一定的影响。其三，这本书稿中，确实不乏振聋发聩的震撼，非常值得一品。由此，我顿生"功夫不负有心人"的感慨。

金龙的评论取材广。他身在企业，但文章取材却不局限于企业，他的作品涉及经济、政治、社会、文化等各方面。金龙的评论出手快。许多文章出手之迅速堪称"立等可取"。金龙的评论接地气。他的评论用语活泼，不乏俏皮幽默，不但正文当中时不时溜出来一些乡间俗语，很多的标题就格外抢眼，诸如，《不要闲着"媳妇"雇"保姆"》《与其频繁跳槽，不如就地跳高》《包子好吃不在褶上》等。金龙的评论很自然。自然是美，大美自然。金龙的评论很霸气，针砭时弊，具有一定的"杀伤力"。

很多的事情往往是这样：一旦突破了，一旦开了个头，就会势不可挡。如今金龙已经有了很好的积累，就出书而言，也开了个好头。我期待本书的顺利出版。

（作者系曲阜师范大学教授）

目　录

工作体悟

要求就是要求，希望就是希望

凡事儿虚张声势、哗众取宠当然不好，但是，如果有意躲躲闪闪、扭扭捏捏，该认真的事情不够认真，该严肃的事情不够严肃，大不可取。有的领导干部在强调某项工作的时候，习惯于把"要求"当作"希望"来提。比如，个别领导干部在讲到反腐倡廉工作的时候，本该严厉严肃的，却表达得相当委婉；在开展批评和自我批评的时候，也往往闪烁其词、轻描淡写。

要求是硬约束，是必须去做的和必须照办的，相对而言通常比较具体，做不到或者做不好那是要接受问责的。希望则是软约束，多是泛泛而谈，大而化之。希望也宽松得多，能做到当然好，即便做不到，也并不在考核之列。所以要求就是要求，不能也不应该和希望混为一谈。

正所谓"取乎其上，得乎其中；取乎其中，得乎其下；取乎其下，则无所得矣"。实际生活中，我们发展经济、改善民生等很多方面的工作，即使竭尽全力也未必能做得尽善尽美。如果我们从开始布置和安排某项工作的时候，或者在强调某项工作如何重要、需要大家付出艰苦努力的时候，却吞吞吐吐、含含糊糊，降低要求，把该严肃的要求以希望的口吻轻描淡写、泛泛而谈，那么工作该如何推进，问题又当如何解决？

大家都知道"态度决定高度，高度决定影响力"的道理。任何一项工作，要想做到极致，要想出彩，要想成为"标杆"，就要有高标准严要求。

有的人也许会说，淡化一下语气或者在表达方式上做一点儿"技术处理"，显得低调一些，没有什么不好。其实，这样的"淡化处理"是放松了对原则问题的坚持，做出了不该有的妥协。现实生活中，不排除有人认同甚至模仿这样"淡化处理"的做法，认为这样才叫灵活、变通。其实，"淡化处理"的结果也许确实没有得罪个别人，却伤害了更多的人，甚至损害了国家、企业的利益。

我们的每一位同志都要以高度负责的精神对待自己分管的工作，决不能拿"要求"当"希望"。

"向东看、往东比"重在建立对标体系

随着芜湖市市委组织的"向东看、往东比"大讨论活动的开展,全市上下争创"一流跨越式发展"的氛围日趋浓厚。各行各业都在想方设法找寻良策,希望可以抢抓机遇,实现突破。"向东看、往东比"是具体的、实在的,是解放思想的突破口,是创新发展的新抓手。我们不能将其口号化、空泛化,所以"看什么、比什么"就是最重要的问题了。

安徽华电芜湖发电有限公司秉承"没有建立'对标','比'和'看'就没有方向"的工作理念,将"向东看、往东比"的工作重点放在建立对标体系上,推行"实施对标管理,建立对标体系"的做法成为"向东看、往东比"大讨论活动中的典型案例,对于其他行业在实际工作过程中建立对标体系具有一定的借鉴意义。

第一,建立对标体系要"因企制宜",严谨科学。不同的企业、不同的部门有不同的管理要素和技术指标,管理流程和关键环节也各有不同。提升管理绩效的难点在哪里?与先进地区和企业的差距有多大?哪些指标更关键?是不是已经通过大讨论活动得以全面梳理、形成体系?这些问题是最基础的,也是最关键的。没有严肃认真地、深入细致地研究这些基础工作,"看"没方向、"比"少动力,"向东看、往东比"就是水中月、镜中花。

第二,建立对标体系要不厌其细,融入管理。对标体系一经确立,就要抓住不放，将其融入管理链条中深挖细掘，特别是要做好查找存在差距原因的工作，并在此基础上逐条制定对策，认真抓好分解落实。另外，所谓的对标体系也是动态的，要"眼观六路"，紧跟先进，及时更新，保证对标体系的先进性。更重要的是，建立对标体系这项工作，不能粗枝大叶、走形式主义，要摸清、吃透关键症结。正所谓"细节决定成败"，对工作和事业不负责任，就会事倍功半。

第三，建立对标体系就是要全员参与，积极主动。"向东看、往东比"是手段不是目的，对标管理也不仅仅是单位班子成员的事情或者管理骨干的责任，而是全员全过程的问题。任何一个环节的落后都会影响对标管理的效果。"众人拾柴火焰高"，要人人肩上有指标，要把压力逐级传递到位。因此，要努力强化对标意识，人人要对标、事事要对标、时时要对标，形成全员为对标管理献计出力的氛围，否则，就可能"雷声大雨点小"，也可能"雨过地皮湿"。

第四，建立对标体系要一以贯之，严格考核。"向东看、往东比"大讨论作为活动是个阶段性工作，但是对标管理作为有形、有力、有效的管理手段则应该一以贯之持续推进，而不是到了年底总结工作的时候或者迎接检查的时候拿出来"装点门面"。另外，要保持对标管理的严肃性，就要不折不扣地从严考核。如果没有达到对标的效果，那么该问责的就要问责。否则，就会虎头蛇尾、落于俗套，最终达不到实际的效果。

百舸争流，不进则退。哪家单位对标管理抓得早、抓得实、做得深入细致，他们的发展速度就快、发展质量就好、发展潜力就大。一分耕耘，一分收获。只要我们持续发力、坚持不懈，在对标管理的过程中坚持"比要求更高、比标准更严、比一流更优"，就一定能够实现跨越式发展。

天时、地利、人和

　　"天时不如地利，地利不如人和"。当前，部分企业缺乏活力、效益不高，这跟"天时""地利"方面的原因有关，但更重要的原因还是没能实现"人和"。可是，真正实现"人和"，并不那么容易。

　　作为企业，要实现"人和"，领导干部起着非常重要的作用。"众人拾柴火焰高""人心齐、泰山移"，要想使职工心往一处想、劲往一处使，不是消极地应付差事而是积极主动地创造价值、最大限度地发挥其创造性，还得需要领导干部模范行动的影响。如果领导干部不能率先垂范、身正心洁、吃苦在前享受在后，是断然实现不了"人和"的。

　　现在，企业的外部环境确有不尽如人意和需要逐步完善的地方。但是，同一个"天时"、类似的"地利"，为什么有的领导安排工作时，员工们表现得死气沉沉、消极怠工；而有的领导去布置任务时，员工们却一呼百应、积极执行。这恐怕还是领导者的影响力不同导致的。

　　作为领导，谁吃苦在前、身体力行，员工就会对你有十分的信赖、百分的拥戴。谁失信于众，员工们十有八九不会买他的账，免不了"孤家寡人"的尴尬。所以领导干部必须身体力行、率先垂范，把"坚持吃苦在前，享乐在后，甘于奉献"作为行为准则，自觉抵制腐败，吃苦在前、享受在后、多做贡献，为广大员工做表率。如此，你凝聚的便不只是人力而且包括人心，你带动的便不只是积极性，更有创业情。企业岂有活力不够、效益不高之理？

不要闲着"媳妇"雇"保姆"

华电集团公司下属某电厂结合企业内部劳动人事制度进行改革，以后不再雇佣临时用工，这一行为受到广泛好评。笔者认为，这是不闲着"媳妇"雇"保姆"的有识之见。

第一，闲着"媳妇"雇"保姆"影响企业的经济效益。用工成本居高不下是导致相当一部分国有企业效益不太好的重要原因。再廉价的"保姆"也是要支付费用的，本来就僧多粥少，还要分一碗给别人，岂有不受穷挨饿之理？

第二，闲着"媳妇"雇"保姆"不利于企业的内部管理。临时用工如同"保姆"，雇佣观念强，主人翁意识差，难有与企业同呼吸共命运的思想。

第三，闲着"媳妇"雇"保姆"不利于企业的长远发展。有些单位的临时用工已在某些环节上形成了技术垄断，甚至到了关键时刻没有临时用工便寸步难行的地步。比如，某省一大型火电厂运行人员与夜间值班的检修维护人员联系故障处理事宜，得到的回答竟然是"暂时处理不了"。究其原因是平时负责处理这方面故障的临时用工回家收麦去了。从这个事例中我们不难发现，闲着"媳妇"雇"保姆"导致了自己的职工在面对本职工作时不尽责、不屑做、不愿做，或者是不会做、做不了的问题。最后，闲垮了作风，涣散了纪律，丢掉了技术，失去了理想，严重地影响了企业的发展。

第四，闲着"媳妇"雇"保姆"不利于企业的稳定和谐。企业在某些方面类似于一个大家庭。闲着"媳妇"雇"保姆"势必造成"妯娌"（车间、部门）之间的"横向攀比"，职工们会产生"他们部门或车间请得了'保姆'，凭什么我们部门或车间就不能享受同样的待遇"之类的不满心理。一旦攀比成风，"媳妇"必将越来越闲，"保姆"必将越请越多，企业内部的不和谐不稳定的因素也必将会越来越多。

既做"加法"又做"减法"

如何引导员工正确看待收入分配是包括国有企业在内的许多单位经常遇到和普遍存在的问题。安徽华电芜湖发电有限公司在引导员工提高收入问题上要求员工既学会做"加法",又得会做"减法"的思路颇有新意,受到员工的普遍认同。

从企业层面讲,一方面,要鼓励大家齐心协力,把"蛋糕"做大。通过强化管理,提升企业的核心竞争力,争创一流业绩,从而争取上级的奖励,使得分配的盘子增大,这便做好了"加法"。另一方面,要把负面的因素降到最低,确保安全生产,减少乃至杜绝事故的发生,最大限度地减少影响企业效益事件的发生,这便做好了"减法"。

从个人层面讲,一方面,要通过高质高量地完成任务,增加个人效益收入。比如,个人遵章守纪,高标准完成任务,该得到的便可以得到,在这个环节上便不会打折扣。另一方面,要善于创新,减少劳动成本。比如,努力挖掘个人潜力,攻坚克难,实现技术革新,或者通过揭榜攻关提出合理化建议,解决困扰企业生产经营的难题,减少企业的投入成本,同样可以实现收入的增加。

做好这道"加减法"题,既有利于自己,也有益于企业。

一年之计在于冬

　　我们习惯讲春天是播撒希望的季节，所以先贤以"一年之计在于春"劝导我们珍惜大好春光，有所作为。但是，事实上，播撒希望，不是明年春天的事情，而是早在今年的冬天就应该做好准备。如果现在还把明年的工作当作远景来憧憬，或者等到明年春天再去考虑我们的计划，恐怕就太迟了。所以在我们工作中，说"一年之计在于冬"更为实际。

　　此时正值年终岁末，我们眼下究竟应该做些什么？我认为有两点非常重要，一是今年工作的总结，二是明年工作的年度计划，比较而言，后者更为重要，也更为紧迫。年度计划应该是具有很强的指导性和可操作性的东西，是全年工作的总纲。季度计划也好，月度计划也罢，大体上都应该围绕年度计划开展。所以，我们不但要做年度计划，而且要主动地做，认真地做，扎实地做。但是，有一部分人不善于计划，有的人把计划当作摆设，甚至当作应对上级检查的东西。这是消极的被动的工作方式，体现了不负责任的工作态度，最终难以取得良好的工作业绩。实际上，谁将计划做得好，谁把计划做得早，谁的工作就主动，谁的工作就更容易取得突破。

　　冬天已经到来，春天还会远吗？但是，光有对春天的期待还远远不够，更重要的是要把握好冬天、利用好冬天，为即将到来的春天做好准备。

一年的时间很快会过去，如果大家真的希望明年的这个时候得到沉甸甸的收获的话，那么从这个冬天就开始计划吧！

"三品"须细品

日前，安徽华电芜湖发电有限公司结合单位的公文管理提出了"三品"论：即要求公司每个员工都要出合格品、各部门要出优等品、公司要出精品，为企业的发展做出贡献。此"三品"值得细品。

此"三品"是针对公文管理讲的，但是并不只针对公文管理，而应该涵盖企业管理的各个方面。换言之，企业的各个方面都需要创精品，公司的每个人都要有创精品的意识，并且都应该肩负创精品的义务，担当起创精品的重任。相反，没有全员全过程的创精品意识，再好的规划也只能落到"墙上挂挂"的地步。

此"三品"之间是相互联系的。这里至少包含一级对一级负责的含义。没有员工的合格，就难有部门的优质，更难有公司的精品。作为员工，不仅要强化"三品"意识，而且要不满足于"合格"的这种起码要求，努力做到"一次把事情做好"，努力地使自己所做的每件事情都做成精品，做到极致。

每位员工都要对照自己的工作实际和思想实际认真地品评，首先，看看自己的工作合格不合格，距离精品的要求还有多大的差距。其次，对照自己的工作中有哪些与"三品"要求有差距的地方。最后，反思为什么有些工作没有达标，为什么没有做成精品，以及怎样才能做成精品。

我们不能老是停留在"品"的阶段，要身体力行，要通过对"三品"的领悟学习，提升我们的思想境界，提高我们的工作标准，自觉地行动起来，为把企业做大做强做好而努力工作。

人品、能力与激情

　　安徽华电芜湖发电有限公司在初创阶段的时候，无论是办公条件还是员工的住宿条件都很艰苦。然而，许多的工程技术人员却甘之如饴，愿意远离家乡，投身于它的建设过程中。究其原因与安徽华电芜湖发电有限公司的用人之道有很大关系。"人品好、能力强、激情高"的用人原则，为安徽华电芜湖发电有限公司吸引了众多的人才。

　　第一，人品要好。做人要正直、踏实、厚道。假如一个人的人品不端，那么，他越是能力强，其带来的危害性就越大。先做人再做事，人品好是基础，是前提，是最基本的。人品不过关，只能靠边站。人品是立身之本，将其放在首位毋庸置疑。

　　第二，能力要强。一个人人品好而能力差，期望他将工作做好的美好愿望等同于水中月、镜中花，蓝图再好、远景再美，也无从实现。员工一定要适应企业的现实需要，还要与时俱进、适应企业的发展的需要，才能成为能够独当一面的有用之才。

　　第三，激情要高。一个人纵然人品再好，纵然才高八斗、学富五车，如果没有干好工作的干劲，同样无济于事。激情要高强调的就是工作热情要高，精神状态要好，要干劲十足。一个人的才学和能力未必能够在短时间内突飞猛进，但是，我们的工作热情、我们的工作态度、我们的精神状态是可以调整的。很多情况下，良好的精神状态能够在一定程度上弥补技能上的不足，可以激发更大的创造力。另外，有没有激情不只是个人的事，激情四射可以感染同事，给大家以鼓舞。

所以，我们的队伍需要一大批人品好、能力强、激情高的人，我们的事业也需要一大批重人品、重能力、重激情的领导。

安全生产就是要"小题大做"

　　前段时间，与各部门负责人进行工作交流时发现当谈到安全生产执法检查时，部分人认为安监部门指出的一些问题都是些微不足道的小事，不值得大惊小怪，对安监部门的举措也不以为然，认为是"小题大做"，殊不知"千里之堤，溃于蚁穴"，细节决定成败的道理。在安全生产工作中，正是因为思想上认识不到位，对安全生产的小细节、小问题重视不够，致使小问题发展为大问题，最终导致事故的发生。因此，安全生产要做好，就需要我们学会"小题大做"，特别在当前个别发供电单位安全状况不是太好的情况下，提倡"安全生产，小题大做"，意义重大。

　　"小题大做"是强化职工安全意识的需要。职工安全意识的强化是一个渐进的过程，只有小题大做、借题发挥、大做文章，才能不断强化职工的安全意识。换句话说，"小题"做得越多，职工安全意识这根弦才能绷得越紧。

　　"小题大做"是强化企业安全管理的需要。"千里之堤，溃于蚁穴"，看似无伤大局的小失误、小过错、小隐患等一些小小的问题，却有可能导致大事故的发生。比如，一个烟头使吉林中百大厦发生特大火灾，造成了54人死亡、20多人受伤、直接经济损失达到几百万元的严重后果；一个螺丝没拧紧，酿成杭瑞高速公路楚雄至大理方向9死36伤的交通事故；等等。"小题大做"有利于安全管理关口的前移，变事后监督为超前控制。"小题大做"也有利于根除安全管理过程中个别领导"心太软"等不良现象，切实体现以"三铁反三违"强化安全管理。

"小题大做"是培养职工良好作风、确保生产安全的需要。安全管理是一种最经常、最细致也是最艰辛的工作，来不得半点虚假。只有以过细求实的工作作风，一以贯之地抓好安全预防工作，才能确保安全生产"无事"。这就需要做到忙时紧抓，闲时抓紧，从平安无事中找隐患，从常规现象中看异常，从细枝末节中查苗头，不让一处挂空挡，不让一地留死角，不让一事出纰漏，使安全预防在扎实、深厚的工作基础上健康运行。

"小题大做"是强化安全保障、促进职工岗位成才的需要。人在安全生产中起着决定性的作用，在我们的日常工作尤其是安全生产管理中，没有多少惊天动地的事情，有的只是按部就班的落实责任、执行措施、兑现考核等一些平凡琐碎的"小事"。只有以人为本，持之以恒地贯彻"小题大做"这一安全生产管理理念，我们才能建设一支高素质的安全人才队伍，才能筑牢安全生产的基石。

事实上，安全生产过程中，小事与大事之间并非那么泾渭分明，它们都是相互联系着的，而且一旦条件成熟还是可以相互转化的。小事如果抓不好，不去"大做"，也可能妨碍全局成为大事，造成被动。所以，安全生产需要"小题大做"！

提高合理化建议处置率

　　合理化建议活动是企业发挥职工主人翁作用，充分挖掘内部潜力，创新企业管理方式的一种有效形式；是职工参与企业民主管理的有效途径；是工会组织提高工作活力、创新工作思路的重要措施。对此，有的单位早已形成制度，效果很好；有的单位尽管领导喊破嗓子，也没有形成"气候"。究其原因，恐怕跟这些单位领导"冷落"合理化建议不无关系。

　　当然，职工所提的合理化建议未必都会得到采纳。因为有的建议可能未必真的合理，有的合理却未必合情，这些就暂不具备被采纳的条件。所以，采纳率很难达100%，这是可以理解的。但合理化建议处置率却不同，不仅应该，而且完全可以达到100%。该采纳的应马上采纳，不能采纳或暂时不能采纳的也要把原因告诉职工。

　　而有的单位却不是这样，合理化建议一旦征集到手，只将其中的一部分草草处理一下，其他的便丢在一旁，置之不理。长此以往，职工提合理化建议的热情就会慢慢减退，心也越来越凉。职工的心一旦凉了，合理化建议，怕是千呼万唤也难再见，最后甚至见到的不是建议而是意见了。相反，如果合理化建议的处置率达到100%，真正做到"事事有着落，件件有回音"，就会使职工提建议的积极性得到提高，合理化建议才会源源不断。

　　合理化建议是这样，其他工作莫不如是。

"抓落实"需落实

"一分部署，九分落实。"正确的战略需要正确的战术来落实和执行，落实才能出成绩，执行才能见成效。抓落实必须要落实，落实不好一切等于零。

"抓落实"就是要将工作抓在日常。每天的工作，从上班第一刻开始抓起；每年的工作，从第一个季度开始抓起。制订好计划和目标，就有了方向和航线，将任务分解到全年，用日记录、周报告、季度考的方式使事情做在日常、总结在经常，形成常态化踏实干事的氛围。抓日常就是严格在日常，从严要求自己，事事摆上重要位置，从严做事，才能落实各项具体要求，争先创优，推动工作落地落实。

"抓落实"就是要将工作抓细。坚持实事求是、求真务实，把每一项工作进行分解细化，把具体的工作抓好抓实，就一定能取得很好的成效。抓细工作，就是从细节入手，将每一项工作抓细，不是说把任何事情都做具体，而是要注重对工作的分解，把庞大的工作分解成细小的子项工作，通过把这些子项工作一个个完成，最终把整个工作完成。只要把基础做好，把大任务分解成小目标，小目标落实到人，确定好期限，一个个去实现，小目标终会汇聚成大任务。

"抓落实"就是要将工作抓长。就是要反复抓，常抓不懈，坚持到底。没有努力，再好的远见也只是一个不切实际的梦想；努力不懈，才能达到有价值的目标。在日常工作中，可能要做许多看起来简单却乏味的事，要周而复始地做同一件事情，可是，在任何领域，在取得丰硕的成果之前，都是从这些工作开始的。一个好的科学成果需要做基础性试验、收集数据，一篇好的文章需要收集素材、反复核实、字斟句酌。做工作就必须脚踏实地，努力刻苦，坚持不懈，精益求精。

伟大的事业不是一下子就能实现的，而是要靠脚踏实地的努力和一步一步的积累，要靠真正地做到"踏石留印、抓铁有痕"。

将"认真"进行到底！

自2009年6月份以来，华电集团公司的学习实践活动已经逐渐进入收获成果的阶段：其一，学习实践活动标志性成果之一的领导班子分析检查报告已经定稿；其二，华电集团公司深入学习实践第二阶段活动综述——《努力开辟科学发展的新境界》已经推出。

实事求是地讲，华电集团公司的实践活动已经取得了初步的成绩，积累了一定的经验，特别是华电集团公司"超前行动、试点先行""主题突出、载体鲜明""务实高效、重在创新""党政合力、上下联动""注重实践、成效初显"的活动特色已经获得普遍好评。我觉得，之所以可以取得这样的成绩，其中有一点是最根本的，那就是"认真"二字。

"认真"是华电集团公司对所有学习实践活动的态度。比如，早在中央企业的学习实践活动没有全面铺开的时候，华电集团公司把扭亏增盈作为最大的实践活动，选择了4家亏损比较严重的企业进行了试点。学习实践活动开始后，又是最早召开学习实践活动动员大会的单位之一。又如，中国华电专题民主生活会坚持"剖析自己不怕严、听取意见不怕刺、亮出问题不怕丑、触及思想不怕痛"的原则，班子成员坦诚相见，认真开展批评和自我批评。再如，华电集团公司的领导班子分析检查报告九易其稿，只为实事求是、准确分析问题。这些都体现了华电集团公司的认真。

　　"认真"体现在集团公司系统上下学习实践的过程中。总部的学习实践活动认真，基层企业也莫不如是。仅就分析检查报告的整理和提炼这一项工作而言，华电陕西能源有限公司明确提出，分析检查报告必须把好修改意见征求关、把好修改完善关；华电苏州望亭电厂坚持"四认真一深化"，做好形成领导班子分析检查报告工作；华电煤业集团公司则做到了征求意见"面对面"、谈心交流"心连心"、批评与自我批评"实打实"，等等。

　　即将开始全面启动的华电集团公司的学习实践活动第三阶段是学习实践活动出成果、见实效的阶段，是广大党员干部和职工群众更为关注的阶段，也是检验我们工作成效的阶段，同样需要华电集团公司在学习实践活动前两个阶段的认真。是否有这样的认真决定着我们的活动能否取得实质性效果，科学发展能否上水平，群众能否得到实惠。能否将认真进行到底，关键就看我们接下来的工作开展得如何。任何的闪失、大意，都是对工作和事业的不负责任，都会给我们的工作造成难以估量的影响，甚至前功尽弃。

　　有一句俗语叫做"编筐编篓贵在收口"，强调的是手工艺品"后期制作"的重要。目前的学习实践活动即将进入关键的"收官阶段"，相信大家都不忍心在胜利在望的情况下"痛失好局"。那就让我们认真总结经验，认真落实责任，认真制定方案，认真组织整改，认真抓好落实，将"认真"进行到底吧！为了不辜负党中央的期望，也为了不辜负8万多职工的重托。

总结并非终结

华电集团公司就"深入学习实践科学发展观活动总结"隆重召开了"两优一先"表彰大会。会议要求各单位深入学习实践科学发展观活动总结大会之后，要克服懈怠情绪，乘势而上，更加重视、更加自觉地抓好整改落实，扎实解决突出问题，巩固扩大成果，不断推进科学发展上水平。接着，中央企业学习实践活动领导小组第五指导检查组召开的联络员会议也明确指出，总结大会的召开不代表活动的终结：其一，整改方案需要进一步完善，整改措施需要进一步落实，有些单位距离"早出成果，早见成效"的要求还有不小的差距，有的单位"与职工群众切身利益相关的一些问题"还没有得到及时解决；其二，集中整改才刚刚开始，长效机制还远没有建立；其三，活动的经验还需要进一步总结；其四，后续工作仍需完善，之后还要对学习实践活动进行职工满意度测评，最后还有个继续贯彻科学发展观、不断促进企业发展上水平的过程。所以，我们更应该把总结大会当成集中召开的再动员会，而不能产生"船到码头车到站"的思想。

总结是一种工作方法，而且是一种基本的工作方法。几乎所有的工作都要经过"出方案""抓实施""搞检查""搞宣传""做总结"这几个基本的环节。总结的目的是找出经验和不足，以促进下一步工作的深入开展。总结既是上一个循环的结束，又是下一个循环的开始。没有认真的总结，许多工作可能陷于长时间低层次徘徊的局面。许多工作之所以多年没有取得突破，恐怕与总结工作做得不到位不无关系。

如果把总结当成终结，不但解放思想的成果难以保持，分析检查报告和整改方案的落实也将难以保障。整改无止境，我们应该继续振作精神、认真端正态度、扎实地抓好落实，争取整改落实的最大效益，确保学习实践活动成为职工群众的满意工程。

整改尚未结束，同志还需努力！

建议不是目的，整改才是根本

　　公司下发的效能监察建议书针对业务部门这批次的市场煤的采制化工作一次性提出了23条建议。针对同一个管理事项一次性提出这么多建议，还是公司开展效能监察工作以来的第一次。我们为参与这次效能监察和燃料管理监督工作的部门和有关同事们点赞。同时，更要清醒地认识到，"建议"毕竟只是建议而已，如果建议得不到落实、问题得不到整改，效能监察建议书就是一张白纸。

　　负有整改任务的业务部门不能对效能监察建议书的建议置若罔闻。实际上，开展效能监察工作是在帮助业务部门完善管理。业务部门在接到效能监察建议书的时候，不能对效能监察建议心存抵触，因为效能监察是在帮助业务部门查弊纠偏，而且还能在优化公司内部管理方面发挥独特作用。有关负责人要尽快研究相关建议，看看哪些是跟自己有关的，哪些是需要自己牵头整改的，这些建议的落实完成时间又是如何规定的，应该如何分解、落实这些建议，等等。

　　负有监督之责的党群部门不能对整改情况听之任之，要及时跟踪了解和掌控整改进展情况，特别要掌握哪些建议没有及时落实，没有整改的原因是有关部门根本不愿意整改还是不知道如何整改，以及能否通过创造条件或者提供指导服务促进整改任务的完成。负有监督之责的党群部门如果认为整不整改不管自己的事而袖手旁观的话，那就很可能使管理链条无法闭环，效能监察工作的价值也必然大打折扣，甚至有可能造成部门之间的不和谐。

事实上，效能监察工作是企业运用监察手段克服管理中的薄弱环节，实现企业管理目标的一种企业自我检查和提升管理效能的行政监察；是一项以内控管理抓源头的特有建设性的、很有意义的工作。相关部门没有理由不重视这些有价值的建议，而且必须根据建议做好整改工作。

工会工作切莫"自拉自唱"

党的十八届四中全会要求工会等人民群众团体在依法治国中发挥积极作用。中国工会十四大指出，要加强基层工会建设，重视基层、活跃基层，努力增强基层工会的活力。基层工会是工会组织体制中最基本的组织单位，直接面对着复杂的劳动关系，是工会全部工作和战斗力的基础。近年来，有的单位工会组织，只是形式上建立起来了，牌子挂出来了，但没有什么凝聚力和吸引力。有的工会同志不注重角色定位，更不善于调动单位各个部门的积极性，限制了工会工作的影响，阻碍了工会工作的开展，让工会工作成了"自拉自唱"。要做好工会工作，务必找准定位，切莫"自拉自唱"。

不能"自拉自唱"是由中国工会的性质决定的。我们的工会是党领导的工人阶级的群众组织。这既是我们的特色，也是我们的优势。如何发挥好这一优势，是需要下大功夫的。最基本的一条，就是一定要紧跟党的号令，围绕经济中心，服务发展大局，不能"自拉自唱"。

不能"自拉自唱"是由中国工会服务职工的基本要求决定的。我们工会主要任务就是服务职工，打造值得信赖的"职工之家"。各级工会干部要找准定位、发挥优势、改进工作方法、提高工作实效，为广大职工办实事、多做事、做成事。

不能"自拉自唱"也是由中国工会维护职工权益的职责决定的。维权是工会工作的"主战场",需要做的工作很多很多。工会要赢得职工群众信赖和支持,必须做好维护职工群众切身利益工作,即竭诚服务职工、维护职工利益,将其作为工会一切工作的出发点和落脚点,扎扎实实为职工群众做好事、办实事、解难事,努力促进职工群众体面劳动、舒心工作、全面发展,增进广大职工的幸福感。

简单的"自拉自唱"无异于自娱自乐,难以形成辐射,难以发挥影响,也难以得到认可。只有切实找准定位,把"自拉自唱"改成"大合唱",才能吹响新时代工会工作新征程的号角,拉近新时代工会干部与职工群众的感情,弹奏新时代工会工作创新乐章,翻开新时代工会工作的新篇章。

谁的孩子谁抱走

　　"谁的孩子谁抱走"是一句俗语,却饱含丰富的管理思想,是对"一级带着一级干,下级对上级负责"的注解,是维持企业正常工作秩序的基本保证。尤其在华电集团公司强调"总部抓总、区域做实、基层强基"的今天,更有特殊意义。各级各部门负责人特别是中层干部务必做到:心中有责,守土有责;要把责任牢牢记在心中,要知道自己所负责的"一亩三分地"究竟有多大;要知道"我是谁""我是干什么的";要知道在具体工作中,哪些是主要责任,哪些是次要责任;等等。总之,要做到心中有数,不能稀里糊涂。

　　"谁的孩子谁抱走"既是对我们的干部从业态度的要求,也是对干部素质能力的要求,各级各部门特别是中层干部不仅仅要"心中有数",更要"手中有术"。遇到问题绕道走,不敢担责碰硬的工作作风是我们极力反对的,这是为官不为的表现,是对工作和对自己的不负责任。但是,如果空有热情,却束手无策,也同样无济于事。也就是说,"抱走孩子"并不难,解决问题绝不易,尤其是彻底地解决问题更是难上加难。我们不单要有"抱走孩子"的责任之心,更要有解决问题、攻坚克难之术。毕竟,"抱走孩子"是"末",而解决问题、化解矛盾、提升管理才是"本",本末不能倒置。因此,一方面,我们要明确工作责任,解决"孩子是谁的"问题。采取定岗定责相结合的办法细化工作任务,落实岗位责任，明确责任领导、责任部门和具体责任人，把工作责任落实到岗到人，形成各负其责、齐抓共管的良好工作格局。另一方面，我们要提高工作效率，解决"孩子怎么抱走"的问题。秉承"效率优先、公平合理"的原则组织协商，将各级各部门人员的职责分工在原有基础上进行细化和调整，根据工作性质和个人经验特长，合理细划工作任务，确保各项工作落到实处，顺利解决问题。

要解释得合理，更要解决得彻底

自公司全面开展学习实践活动后，各部门都在结合领导班子的分析检查报告制定出整改落实方案，并积极主动地推动问题的解决。对群众提出的政策允许而又有条件解决的问题，要立即解决，让群众享受到学习实践活动带来的直接实惠；对那些确实应该解决，而暂时还不具备条件解决的问题，要结合整改方案，排出解决的时间表，落实责任部门和人员，向群众表明解决问题的态度和诚意，让群众看到解决问题的希望；对那些条件不具备，政策又不允许解决的问题，要耐心解释，讲明道理，争取群众的理解，打消少数人不切实际的过高期望与幻想。"群众利益无小事"。越是群众最关心、最直接、最现实的，而又不容易解决的问题，越要认真地做出实事求是的、合理的解释。必须正确对待"解释"与"解决"，既不能以"解释"代替"解决"，把群众提出的所有问题都采用解释的方式进行搪塞，使问题得不到真正解决，甚至激化矛盾；也不能是非不分，不讲原则，不管能不能解决，有没有条件解决，对群众提出的所有问题，都承诺解决。

解释得合理需要做不少工作，解决得彻底更需要花费大量的精力。解释的工作要做好。一方面，这是对群众的尊重；另一方面，解释虽然只是一种说辞，但是可以起到便于群众监督的作用。

如果说合理的"解释"是必要的，那么对问题的彻底解决则是必须的。如果应该解决的问题没有得到很好地解决，败坏的是个人的形象，影响的是企业的发展。很多的情况下，群众不是看我们怎么说的，而是看我们怎么做的。做的过程是解决问题的过程，也是团结群众、帮助群众的过程；是企业发展的过程，也是历练自己、提高才干的过程。何乐而不为呢？

"知其然"与"知其所以然"

    在华电集团公司总部学习实践活动——解放思想大讨论活动专题交流会上,集团公司要求下一阶段的学习实践活动务必更深入扎实,此要求是让我们既要知其然,还要知其所以然。

    开展学习实践活动就是要牢固树立科学发展观。科学发展观是一个理论体系,"知其然"实际上是要求我们知道"什么是科学发展、为什么要科学发展"的问题,"知其所以然"更多的则是要求我们掌握"怎样才能实现科学发展"的问题。

    "知其然"与"知其所以然"是相互关联的,"知其然"是前提,我们必须解决对科学发展观的认识问题,正确认识开展学习实践活动的重要性和必要性,增强实现科学发展的紧迫感和使命感。"知其所以然"则是更深层次的问题,也是更有实质意义的问题。

    "知其然"相对而言容易一些,就科学发展而言,通过学习提高,树立正确的认识是可能的。而"知其所以然"则需要下更大的功夫。时下开展的"跳出华电看华电,科学发展上水平"大讨论活动,从某种程度上讲也是解决"知其所以然"——解决"如何跳出""怎样发展"的问题的。"知其所以然"要善于举一反三、触类旁通,要善于透过现象看本质,透过表层掌握规律,尤其是国资委强调的"四个规律"。

    如果只"知其然",而不"知其所以然",就等于没有学深学透,更不能活学活用，那是靠不住的理论。

有人认为，我们不是主要领导，只要"知其然"就够了，"知其所以然"是领导们的事情，这是非常不应该的，甚至是很不负责任的。还有的人对学习实践活动不以为然，认为没有什么大不了的，认为自己早就学透了，其实不然。"知其然"的问题没有止境，而"知其所以然"的问题更没有止境。

在面对科学发展这类严肃的问题的时候，我们必须态度端正：学习学习再学习，应用应用再应用。

把握定位、抓好结合、形成合力

按照中央的统一部署，华电集团公司的创先争优活动，正在深入开展，扎实推进。2010年7月15日召开的华电集团公司"创先争优、科学发展"活动推进会议，更是把创先争优活动推向高潮。持续保持党员干部和广大员工的参与热情，确保活动见成效、受欢迎，做到"把握定位、抓好结合、形成合力"至关重要。

必须正确把握创先争优活动的定位。创先争优是加强党的基层组织建设的一项经常性工作，是加强党的先进性建设的有效载体和有力抓手，是学习实践活动的延展和深化。我们必须站在巩固和扩大学习实践活动成果，推动公司五年发展纲要实施的高度；发挥政治优势，尽快扭转生产经营被动局面的高度；加强基层党组织和党员队伍自身建设，保持和发展先进性的高度；全面认识和理解创先争优活动的重要意义。要大张旗鼓地宣传，营造学习先进、争当先进、赶超先进的浓厚氛围，让党员干部和广大员工都能够认识到开展创先争优活动的重要性和必要性。同时，要把握学习实践活动"重在解决问题"，创先争优活动"重在发挥作用"的特点。这就要求我们把握创先争优活动作为经常性工作与专题集中教育活动的区别，在吸收借鉴学习实践活动的成功经验的基础上，坚持不懈地抓好，一以贯之地推进，不能虎头蛇尾，不能蜻蜓点水，不能一阵风，不能"雨过地皮湿"。

必须抓好创先争优活动与工作实际的结合。任何的活动安排、任何的文件规定，只有切合实际、结合实际，才能有的放矢，才算对症下药，群众也才会接受和认可。结合越是紧密，效果也就越明显。从华电集团公司党组的相关安排可以看出，对活动总体要求、主要目标和活动载体是做了统一要求的，而对活动内容、推进方式等只做了原则性规定。"规定动作"的减少不是标准和要求的降低，而是鼓励基层结合实际地采取"自选动作"，创造性地开展工作。当然，"自选动作"不能是"假把式"，不能是好看不好用的"花拳绣腿"。各单位党组织要结合实际，用心谋划、精心安排、认真落实，要按照集团公司党组的要求，把活动开展与完成全年任务、落实发展纲要等中心工作紧密结合，与"强核心、固堡垒"以及"四强四优"等党的建设工作紧密结合，与加强公司队伍建设紧密结合，与加强四好班子建设和推进学习型党组织建设紧密结合。当前，尤其要与扭亏增盈工作紧密结合，引导广大党员在攻坚克难的过程中施展才华，在推动中心任务、促进科学发展的工作中建功立业，在保持党的先进性、改进工作作风以及学习创新等具体实践中创先争优。

必须形成开展创先争优活动的合力。按照党组织隶属关系确定创先争优活动的领导关系。形成开展创先争优活动的工作合力至少来自"加强地方党委的领导"和"加强企业党组织的指导"两个方面。加强地方党委的领导有利于基层单位创先争优活动融入当地发展大局；加强企业党组织的指导有利于基层单位创先争优活动更贴近中心工作。另外，还有一点也很重要，就是要在企业内部形成"党组织统一领导，党政密切配合，政工部门牵头负责，相关部门参与指导"的工作机制。这也是形成合力的关键因素之一。如果我们不能形成足够的合力，使企业发展与当地经济社会、资源环境相适应，使活动开展与企业生产经营、改革发展相促进，就是空话。

总之，定位的问题必须现在就予以明确，这是认识的问题，是境界的问题，是决定起点和方向的问题。结合的问题必须贯彻始终，须臾不能脱节，这是方法和措施的问题。合力必须不断强化，这是活动发挥作用的关键问题；合力不强，"先"难以创出，"优"也难以争到。"把握定位、抓好结合、形成合力"的工作做好了，"见成效、受欢迎"的目标要求也必然是可以期待的；党的政治优势也就能转化为科学发展优势，党的组织资源也就能转化为科学发展资源，党的建设成果也就能转化为科学发展成果。

再好的办公室也不产电

2014年4、5月份以来，安徽华电芜湖发电有限公司多次出现设备故障等问题甚至导致机组停运。公司领导在多个场合一直要求各级干部特别是生产系统的同志务必勤跑现场、多跑现场，并加大了对巡检等工作的考核力度。遗憾的是，部分同志包括个别中层干部现场跑得少，在现场待的时间短，走的现场也不多，极个别的人即使到了现场，也常常走马观花，没有深入地进行现场考察。

跑现场是锻炼自己、提高自己的需要。读万卷书，行万里路，我们要在实践中获得真知。目前我们公司运营的三台机组全部都是超临界机组，而其中的#3机组更是最近投产的，技术等级最高的机组。机组效能如何，设备可靠性怎样，哪些地方易出问题以及如何解决这些问题等等，都需要我们从跑现场、蹲现场、泡现场的过程中慢慢掌握。只有与现场联系得紧密，只有踏踏实实地围绕现场观察问题、分析问题，才能使问题得以迅速解决，大家也正是在这个过程中实现经验的积累、水平的提升的。谁跑现场多，谁跑现场勤，谁自然就会先人一步实现素质能力的提升，进而为今后的进步打下基础。

跑现场是基层强基础、抓落实的需要。强基础、抓落实是上级公司对我们的基本要求。换言之，我们日常工作的主要内容就是强基础、抓落实，强基础、抓落实的工作一旦出色完成，我们也就自然能够交出合格的答卷。但是，这个合格答卷不是轻而易举就能完成的，需要我们有过硬作风、踏实行动。工程技术人员和生产系统的其他同志要多跑现场，切不可待在办公室一坐就是小半天。因为，再好的办公室也不产电。

"提质"与"增效"

　　2016年，在国务院国资委召开中央企业提质增效动员会之后，中国华电集团公司召开提质增效工作部署视频会议，贯彻落实国资委中央企业提质增效动员会精神，安排部署华电集团公司提质增效工作。笔者认为，"增效"这个结果很重要、很直观、很诱人，但是"提质"这个过程的意义更持久、更深远、更值得重视。

　　"提质"和"增效"不可混为一谈。"提质"和"增效"一个是因一个是果，一个指过程一个指结果，是一个问题的两个方面。"提质"和"增效"的程序不可颠倒。没有过程的完美，就没有完美的结果；没有"质"的保障，就没有"效"的展现。有的企业过度追求"效益最大化"，甚至采取"杀鸡取卵"的方式追逐利润，而忽视了对"质"的强化和提升，最终，在激烈的市场竞争中很快败下阵来。注重"质"的提高，这在"调结构、去产能、去库存"的今天尤为重要。有了正确的过程，就会有正确的结果。什么时候都不可以把结果和过程颠倒过来。"提质"和"增效"不可平均发力。因为"提质"的工作是最基本的工作，一旦做好做足，"增效"是水到渠成、顺理成章的事情。也就是说，所有有利于质的提升的工作都要努力去做，但是并非什么样的效益都必须要争取。

　　企业要发展，首先要生存下来，这就要求我们在激烈的市场竞争中必须学会"强身健体"，而不可无限"透支"；必须踏踏实实、认认真真地夯实基础、提升素质，把提质工作当成孜孜以求的、贯穿始终的任务，毫不懈怠地努力完成。将提质工作落实到位，有利于企业在持续竞争中掌握主动权。我们的企业要做强做大做久，就不能不强调长远战略和脚踏实地的作风，与其多收入"三五斗"，不如练好"内功"，力争上游。

目前，供给侧的改革在深化，去产能、去库存的力度在加大，我们在外争市场的同时，务必"眼睛向内"，专心专注专业地把"提质"的工作做深做细做实。这是企业核心竞争力打造的过程，这是亮点品牌锤炼的过程，这也是把"短板"补齐更把"长板"拉长的过程。

四五十分的考试成绩说明了什么

刚刚结束的安徽华电芜湖发电有限公司副值长公开考试选拔，为公司运行岗位选拔储备了一批人才，几位同事即将走上副值长岗位，可喜可贺。遗憾的是，参加公开考试的应聘人员中竟然有两位只考了四五十分。在笔者看来，四五十分的考试成绩说明了两个方面的内容。

首先，说明公司上下对这场考试十分重视，生产管理部、人资部、发电部、党群工作部等部门在考试的组织方面完成得很好。第一，我们的出题环节的工作做得不错，保密工作做得好，没有"跑风漏气"；题目的数量和"难度系数"也把握得恰到好处。第二，监考和阅卷工作也很严格严肃严谨。考试时不仅安排单人单桌，而且连手机都统统上交了，"主考官"阅卷的时候也没有"网开一面""手下留情"。这方面的成绩我们应该给予肯定，没有必要羞羞答答、遮遮掩掩。

其次，这四五十分的考试成绩说明我们的工作还存在比较明显的缺陷。第一，岗位安排中存在才不配位的问题。个别的同事只考四五十分，意味着有差不多一半甚至一半以上的题目不会做。副值长选拔考试的基本门槛是主值岗位，在那样高的岗位轮值上班就需要独当一面。但是考试成绩差到四五十分的那个别主值岗位人员在现实中如果遇见考试中的那些问题，就有差不多一半的问题不能解决，如何得了？难道问题当前，需要你当机立断的时候，你还要查查书本不成？第二，我们有些班组和部门学习的氛围还不浓厚。副值长考试的题目虽然有一定的难度，但是不偏不怪。只要平时认真学习了，日常认真积累了，考前认真准备了，无论如何不至于只考四五十分的。而一些同志日常培训心不在焉，不监盘的时候宁愿玩手机也不想翻规程，更有个别的同志不把培训当福利，而是把培训当负担。在华电集团安徽省分公司技术监督考试中，我们的选手成绩也不是很理想，缺少浓厚的学习氛围是一个重要原因。第三，考试考查的手段用得太少，逢学必考的惯例没有形成。考试当然不是目的，但是缺少了考试这个手段，无形之中就让个别的同志失去了压力和动力，以至于把常规的培训工作彻底地"边缘化""无用化"。事实上，一些班组懒得考，一些同事千方百计地逃避考，与集团公司倡导的"逢学必考"的理念真的相去甚远。这方面的问题值得高度重视。

也许，那个别没有考好的同事有其特殊原因，或者只是一次意外。但是，我们仍然不能对这样的"成绩单"不闻不问、置之不理。时下，距离接产#3机组的时间已经不多，提质增效的任务格外繁重，安全生产、经营管理、党的建设等任务艰巨。公司对人才的渴求比以往任何时候都要迫切，公司对浓厚的学习氛围的形成比以往任何时候都要期盼。我们要养成"你学我学大家都要学"的良好氛围。真的希望我们的职工振作起来，行动起来，不断地学习提高，不断地自我完善，不断地拉长"长板"补足"短板"，不断地为企业发展做出自己的贡献！

一枝独秀不是春

　　2017年，我们安徽华电芜湖发电有限公司创新工作室"五化"管理工作法高居集团公司"职工先进工作法"榜首。据了解，仅这方面的工作就获得了四次以上的奖励和表彰，用"拿奖拿到手软"来比喻也不过分。这是肯定、是褒奖、是荣誉，当然值得祝贺。但是，笔者在为此感到欣喜的同时，却想泼点"冷水"，除创新工作室之外，公司并没有在其他领域有所总结和提炼，从而斩获其他奖项。如果把"一枝独秀"的亮点打造成"万紫千红花满园"的局面，那岂不是更好吗？

　　几年前，我们选取创新工作室这个点进行攻克和突破是非常有意义的，也取得了一系列的成效，特别是我们公司的装机规模已经跻身集团公司前列，"零非停"已经保持多年。但各项技术指标更高的今天，我们应该用更宽的视野、更大的力度、更高的标准去整理和提炼我们各方面的工作，努力形成更多更大的品牌。一个品牌的形成，没有经过一两年甚至三四年时间的打造，几乎是不可能的。我们不能期待这样的品牌自发产生，更不能对其等待观望，而要积极参与其形成过程中。

　　第一，要充满自信。我们公司是集团的五星企业，是有十多年发展经历的规模企业。我们装备精良、指标先进，并且正在努力创建"三强三优"世界一流企业。所有这些都是我们的员工干出来的，这里边有许多值得总结和提炼的东西。我们必须在这方面充满自信，不应妄自菲薄。

第二，要善于发现和培育。如果说品牌来自亮点，那么亮点则来自闪光点。各部门在开展工作过程中，要善于发现和捕捉这样的闪光点，不能让其"稍纵即逝"。一旦发现这样的闪光点，就要下力气培育，创造更多的条件，营造更好的氛围，使其脱颖而出。各部门特别是生产技术部等管理部室在这方面可以大有作为。这既是对工作的促进，也是对人才的尊重。

第三，要善于包装和提炼。"酒香也怕巷子深"，我们虽然不主张"在麻袋上绣花"，但是必要的包装、提炼和宣传是不可或缺的。这个看上去处于"后期制作"阶段的工作往往十分重要，甚至可能决定这一成果能在多大范围内被知晓。这方面的工作政工部门的同事们必须积极与相关业务部的同事深度沟通，反复研究。从名称到内容，从过程到结果，都要仔细打磨、精心修饰，使之光彩夺目。

春华秋实，有播种必有收获。相信安徽华电芜湖发电有限公司在为期不远的将来一定会出现"万紫千红花满园"的局面。

做事就做这样的事

　　安徽华电芜湖发电有限公司办公室、计划营销部、党建部和监察部曾相互合作，针对公司月度工作计划和周工作计划运作情况，打过一场干净利落的计划管理控制监察工作"突击战"。他们用7个小时的时间，走完了制定方案、召开专题会议、查核资料、整理通报4个步序，列出了问题清单和建议清单2大清单，指出了27项问题，提出了24条建议。这项监察工作开展得高效、严谨、实在，算得上一个堪称经典的督查监察案例，让笔者不禁产生"做事就做这样的事"的感慨。

　　做事就要说干就干。"马上就办，办就办好"是《华电文化纲要》倡导的工作作风，就是要求大家自觉讲求工作时效和办事效率，少讲空话，狠抓落实。我们的个别同事在开展工作过程中，往往习惯于等待观望，仅仅制定方案就拖起来没完没了，有的工作长时间处于方案制定的阶段，以至于数度出现"只听楼梯响不见人下来"的尴尬。有的工作甚至拖沓到了需要公司主要领导一直监督才能得到解决的程度。其实，这就是责任感不强、紧迫感不足，没有效率意识、效益意识的表现。大家不妨扪心自问：自己分管的工作范围内，还有多少早该启动而耽搁至今的项目？还有多少应该解决而没有解决的问题？如果这样的事项很多，而自己却不以为意，那就真的要"挨板子"了。

　　做事就要通力协作。这次针对计划管理控制的监察活动，包括办公室、计划营销部、党建部在内的各相关联部门的同事们就很好地做到了分工协作，大家能从各自角度，仔细排查，认真分析，大家心往一处想，劲往一处使，较好地体现了"一盘棋"思路，为在一天之内完成任务，提供了人力和智力支持。其实，开展任何工作，都需要换位思考，自己在为别人服务的同时别人也在为我们服务，要不断强化"功成不必在我""功成必定有我"的理念，使合作成为一种自觉和习惯。

做事就要严谨细致。计划管理是重要的日常管理，而他们所聚焦的月度计划和周工作计划，只是其中的一个环节。但是，他们能够在短短几个小时里完完整整地走完4个步序，并查出27项问题，进而梳理出24条建议，实属不易。他们中肯实在、精准到位地指出了计划管理工作中的每一项问题，特别是诸如"公司下达的月（周）计划并没有包含公司领导在月（周）工作例会上强调和安排的事项、部门计划中也没有涵盖的重要事项""相当多的部门月（周）计划并没有经过部务会或党支部委员会讨论研究""月（周）计划的归口牵头部门管理职能发挥不够，没有根据年度工作计划和领导要求，适时地对相关部门工作计划予以追加和调整"等具体的问题。这项监察工作开展的过程，就是在对公司管理链条当中的计划管理环节上"把脉会诊、对症下药"。

做事就要实事求是。他们没有因为计划管理当中存在不足就全盘否定公司的计划管理工作。公司的计划管理已经发挥着重要的有效的指引作用，并将继续作为企业管理的重要抓手为企业的有序运作贡献力量。他们所提的建议在措辞上也格外注意分寸和尺度的把握，较好地处理了监督与服务的关系，得到了相关职能部门认可。

做事就要站位高远。一是做到了对事不对人。大家在查摆问题的时候，没有回避、没有躲闪、没有迁就，不论涉及哪个部门，该说的说、该提的提、该谁的问题就是谁的问题，没有丝毫的扭扭捏捏、躲躲闪闪，较好地体现了一切为了促进工作、一切为了提升管理的初衷和原则。二是提出了优化工作计划机制化的措施。从所提建议看，他们是在有意识地从完善机制上下功夫提建议，是在力求拿出提升计划管理的"灵丹妙药"。三是做好了与相关工作的结合。他们在开展这项监察工作的过程中，不是简单地为完善工作计划而开展工作，而是有意识地、自觉地与公司党政主要领导一直强调的强化工作执行力问题相结合，以及与正在开展的形式主义和官僚主义集中整治工作相结合。

做事就要理直气壮。监察工作一度被视为畏途，其实大可不必。我们去查找工作中的不足、查漏补缺，是在帮助他人、为他人提供建议。既然是帮助别人，那又何难之有？开展监察工作的过程，也是从事监察的同事们学习管理、丰富知识、熟悉流程甚至磨炼作风和意志的过程，相信这样的工作开展得越多，不但对别人的益处越来越多，对自己的成长进步所带来的帮助也必然越来越大。

广大管理人员要努力把有意义的工作做得有意思。公司的监察工作如果能够这样持续深入地开展下去，不正是那种既有意义又有意思，既有责任感又有成就感的事情吗？作为从事监察工作的同事，能够通过自己的辛苦，为公司的管理提升贡献一分力量，岂不快哉？

怎一个"好"字了得?

安徽华电芜湖发电有限公司合理化建议征集工作在该公司党政工领导的倡导下，短短两三个月便逐步制度化、规范化、常态化，受到了上上下下的一致好评。笔者仔细推敲，他们合理化建议征集工作还真的不止一个"好"字了得!

首先说"好在哪里"。其一，职工的建议中肯实在，充满"正能量"。广大职工提出的建议大多聚焦企业的改革发展，关注企业的生产经营，很少拘泥于个人私利和福利待遇，"正能量"十足。其二，广大职工的建议数量多、涉及面广。这项工作开展的第一个月，就收到各类合理化建议23条，涉及企业的各个部门，这充分说明职工参与程度较高，体现了职工对企业的密切关注及参与公司管理的积极态度。其三，合理化建议征集的工作机制趋于成熟。每月的月度工作例会上，各部门负责人都必须按要求通报和反映本部门合理化建议的征集情况。在征集之后，由公司工会牵头推动，业务部门通力协作，组织评审表彰。同时，实施项目化管理，跟踪问效，督办落实，确保了合理化建议征集工作的"闭环"和常态化，也保护了建议人的建议热情。

再说"好到什么程度"。其一，合理化建议征集工作健全了企业创新机制。合理化建议调动和激发了职工创新积极性，健全了动力机制；建立了党政工一体化组织机构，制订了管理制度和操作程序，健全了运行

工作体悟

51

机制；充分挖掘和利用内部资源，提升职工素质能力，为各类人才价值实现健全了发展机制。其二，合理化建议征集工作为职工参与管理提供了一条"民主通道"。职工不用担心人微言轻，每个人都可以参与改善和创新，不仅自我改善提高，还可以参与技术工艺攻关、班组活动圈活动，可以在专题活动中为管理提升建言献策。其三，合理化建议征集工作丰富了企业的创新文化。合理化建议征集工作的开展，改善了企业的创新环境，激励了职工追求进步、永不满足的工作作风，营造了支持创新、鼓励创新的氛围，增强了职工参与创新的积极性和主动性，使职工牢固树立基于精益理念的创新精神。

他们的合理化建议征集工作不仅仅是一项活动，更是一项常态化开展的例行管理工作，已成为企业管理链条中不可或缺的环节，在优化企业管理，凝聚职工力量方面起到越来越重要的作用。假以时日，稍加整理和包装，这项颇有价值的管理品牌便会形成。我们有理由期待，安徽华电芜湖发电有限公司的民主管理工作也将随之登上新的台阶。

如果需要你"走出去"

　　这个问题很现实，很实在。特别是随着"走出去"力度的加大，这个问题已经不容回避地摆在了广大干部职工的面前。作为企业，当然要致力于建立完善激励职工积极参与"走出去"战略的管理机制，而作为职工，则要认真思考这个问题：如果需要你"走出去"，你该怎么办？

　　如果需要你"走出去"，首先要有一个正确的认识。早"走出去"早主动，晚"走出去"晚主动，不"走出去"必然被动。"走出去"战略既符合企业的长远利益，又符合职工的个人利益；既符合市场竞争的需要，也符合企业的现实需要。可以作出肯定的预测，"走出去"的力度会越来越大，"走出去"的次数会越来越多，"走出去"的距离会越来越远。面对"走出去"的问题，我们不能当"局外人"，不能置身事外。

　　如果需要你"走出去"，要有个平和的心态。随着市场化程度的深化，"走出去"已经成为企业日常工作的一部分，"走出去"不是别人的责任，我们的每一个职工在企业需要的时候都有"走出去"的义务。别人能够先行一步"走出去"，为什么自己不能？我们不能只是口头上拥护支持"走出去"战略，而不去身体力行地参与"走出去"战略；我们不能只享受"走出去"战略带来的实惠，而不按要求去尽"走出去"的义务。

　　面对"走出去"的问题，一般会出现以下五种情况：一是自告奋勇，

工作体悟

主动请缨。这是响应党委厂部号召，把实现个人价值与企业需要紧密结合，接受锻炼、直面挑战的体现。二是虽然有困难，但是绝对服从安排。这是典型的奉献精神，强烈的大局意识，也是企业利益至上、"利益面前先想企业"理念的写照。三是有所顾虑，但是经做工作能够服从安排。四是确有困难，暂时离不开。五是强调客观，夸大困难，视"走出去"为畏途，拒不服从安排。应该说前两种情况都是非常值得提倡的，第三、四两种情况也是正常的、可以理解的，但是最后一种选择则是应该旗帜鲜明、态度坚决地反对的。

在实施"走出去"战略中，职工出现暂时的心理失衡是难免的，也是正常的，关键是要重视思想政治工作的作用，紧紧围绕企业实际，结合职工思想现状和心理状态，采取有效对策，做好沟通、疏导工作，帮助职工克服心理上的障碍，以正确的心态和行为方式看待和应对"走出去"战略。但是，个别职工过分强调困难或夸大困难，不能正确处理个人与企业的关系则是典型的自私行为。我们应该把"走出去"当作机遇与提升素质的大好机会，既要通过自己的努力为企业赢得效益，还要抓住机遇锻炼、充实、提高自己，通过"走出去"磨炼意志、丰富阅历、增长知识、有所作为、有所收获、有所提高。

"如果需要你'走出去'"这个问题是面向全厂职工提出来的，而我们的干部、党、团员职工应该思考得更深刻一些，准备得更充分一些，关键时刻应该义无反顾、旗帜鲜明地发挥导向示范作用，带领普通职工奔赴最需要的地方。

面对"如果需要你'走出去'"这个问题，大家准备好了吗？

问题出在"三度"上

华电集团公司针对公司执行力方面存在的问题专门召开了专题会议，得出公司执行力不足的原因主要是在执行的尺度、速度、力度这三个方面，要求在全公司上下加强执行力建设，迅速形成强化执行力建设的浓厚氛围。

在执行"尺度"上，抓工作缺乏高标准。很多情况下，领导要求的标准本来很高，但在执行的过程中特别是在中层这个层次变了形、走了样，"高标准"的信号逐层衰减，标准一级比一级低。而标准一旦降了下来，能不能达标就无法保证了。

在执行"速度"上，抓工作缺乏激情。要求马上办的没有马上办，要求马上行动的没有马上行动，有些同志就是疲疲塌塌、慢慢腾腾，要么就是口头上喊着办，实际上却没有动作。还有的同志工作上缺乏计划性，习惯搞突击，按时完成工作都成问题，更难保证质量了。

在执行"力度"上，抓工作缺乏魄力。困难当前要么缩手缩脚、无计可施，要么忧天怨人、强调客观，执行的力度越来越小，虎头蛇尾，不了了之。

此次专题会议不仅帮助大家找到了执行力不足的病因，而且为其开出了一剂"等式良药"，即"加强管理、强化执行力"="目标"+"计划"+"实施"+"纠偏"。

　　这个等式富有哲理，事实也正是如此。实施的过程中及时纠偏，就能够解决"尺度"上的问题；按照计划抓好实施，"速度"便有了基本的保障；咬定目标按计划组织实施，"力度"上的问题也便迎刃而解。

　　"三度"惹了祸，"等式"能解决。"目标""计划""实施""纠偏"四个方面的工作做好了，"尺度""速度""力度"的问题也就不再是难题了。

走出制度创新的"误区"

"管理创新"是刚刚结束的集团公司年中工作会议确定的，是与"发展战略"和"扭亏增盈"并列的华电系统"三个重大问题"之一。我们认为，制度创新是管理创新的基础，制度创新必须走出以下误区。

一忌贪大求洋。有的人片面地认为，制度建设越多越好、越华丽越好。其实，制度建设不在多而在管用，可以说只要管用，越少越好、越精越好、越简越好。事实上，那些贪大求洋的人过于注重外在的东西了，误把制度建设当成了装点门面的工作，最终只能落个出力不讨好的结局。现代企业崇尚简约管理，而简约管理的理念应该充分体现在制度建设的过程中。

二忌照抄照搬。主要表现在不论适合不适合自己，要么盲目地摘摘抄抄、生搬硬套，要么简单地照猫画虎、东拼西凑，要么机械地生吞活剥、囫囵吞枣。这样讲绝非反对借鉴，相反，借鉴是非常必要的，但是要结合实际，要实事求是，不能千孔一面、毫无特色。

三忌重建轻学。有的人以为只要有了制度，便万事大吉，而不去做员工吸收消化的工作，不去问员工领会不领会，掌握不掌握，甚至不管员工执行不执行。其实，制度的制定只是工作的开始，要得到很好的落实，必须让员工融会贯通、掌握要领，不然也只能束之高阁。

四忌政出多门。制度建设的系统性不够，实际上是部门之间在出台制度的过程中协调沟通不够。同一个事情，甲部门是一种规定，乙部门又是一种规定，有的连处罚的尺度都不一致，员工在执行的过程中无所适从。

五忌大而化之。主要表现是制度粗枝大叶、模棱两可，从而影响了制度的可操作性，同时，也对制度建设的严肃性造成冲击和影响。

六忌一成不变。任何一条制度的出台都有它特定的背景，随着时间的推移，当初制定的制度的合理性、公正性甚至存在的必要性都面临着一定的考验。对现行制度的"废、改、立"，是非常有实际意义的。

如果不能走出以上误区，纵有制度创新的愿望，也怕一厢情愿！

"小金库"实乃"大问题"

　　在过去的个别单位，"小金库"几乎是一个谜一般的存在。这大概是它的隐蔽性、敏感性、间歇性和不正当性所决定的。"小金库"问题，上面没有不等于下面没有、明里没有不等于暗里没有、大的没有不等于小的没有、现在没有不等于今后也没有。经过华电安徽区域的调查发现，"小金库"资金的主要来源有：工程基建单位返款、安全考核款、外包队伍劳务返款、员工离职违约金、签订虚假合同、办会办活动套现、年度工资结余等。其主要用途通常是，业务招待、违规发放福利、支付专家款、走访业务单位、奖励"小团体"、购买公物等。毋庸讳言，"小金库"问题由来已久，极个别单位的"小金库"甚至已经成为顽疾恶疮和滋生腐败的温床。"小金库"问题之所以久拖未绝，久治未愈，主要还是和大家认识不到"小金库"就是"大问题"。

　　"小金库"不论数额大小，其性质都是非常具有破坏性的。第一，"小金库"的设立是对制度的践踏，是对财经制度的破坏，更有损廉政制度的建设；第二，"小金库"的存在容易导致公款私用、公私不分和铺张浪费；第三，"小金库"的存在会加大内部腐败和外部职务犯罪的概率；第四，"小金库"的存在可能会造成国有资产流失。

　　有的人不了解关于"小金库"的政策界限，习惯于惯性思维，觉得前些年就是这么做的，稀里糊涂地便误入歧途；有的人认为"小金库"额度不大，危害有限，无伤大雅；有的人认为"小金库"短时间内难以彻底消除，心存侥幸，等待观望；有的人认为"小金库"既然不放进个人腰包，就不是多大问题；有的人认为"小金库"是前任所为，自己"新官不理旧账"；还有的人认为虽然违规，但是，设立"小金库"的动机不坏，即便被发现，也不会被深究……其实，这些思想都是非常危险的。

如今，巡视巡察监察检查已经成为常态，"小金库"更是严盯紧防的对象。"小金库"不论因何原因而设立，都是随时可能引爆的"不定时炸弹"，而这枚"不定时炸弹"一旦引爆，其杀伤力肯定很大，必将殃及一干人等，不但涉事人员要被处理，相关领导包括分管领导甚至经办人员也逃不掉干系，负有监督之责的人员也在责难逃。

近两年，集团公司、华电集团安徽分公司就多次开展有关"小金库"的专项治理行动。上级领导就此三令五申，"小金库"一旦发现，一律从重从快处理，在给予党纪严重处分的同时"先就地免职，再调查处理"，足见上级公司对"小金库"零容忍的态度。

当前我们正在创建集团公司"三清"企业，希望我公司的相关人员务必珍惜公司名誉，像此前承诺的那样：现在没有将来也不动私设"小金库"的心思，让"小金库"这个"大问题"不再是个问题。

双管齐下才能长治久安

在 2016 年 10 月 13 日召开的华电国际安全生产视频会议上，公司结合四川华电珙县发电有限公司"10·2"事故和当前公司系统安全生产形势以及正在开展的"居安思危"大讨论活动作了重要指示，特别强调要在提升安全素养和强化责任担当两个方面"双管齐下"采取整改措施，严防事故发生，确保安全生产局面的长治久安。

提升安全素养和强化责任担当是确保安全生产的两个方面。前者是基础，后者是关键。如果说安全素养是从业务能力方面而言的话，那么，责任担当则是从思想态度方面进行强调的。两者相互补充，缺一不可。没有素养保障，"我会安全"就是一句假话；没有端正的态度，"我要安全"就是一句空话。如果前强后弱，纵然技艺在身，安全生产上也在劫难逃；如果后强前弱，就会犯安全生产方面的低级错误，也必将在面临问题和挑战的时候缩手缩脚、束手无策。事实上，在实际的生产过程中，这两个方面往往都存在不足，都需要加强和提高。

提升素养，教育是基础和前提，是绝对不可放松的环节。"教育不是万能的，但是没有教育是万万不能的"，这句话放在安全生产方面同样适用。如果缺少必要的培训教育，迟早会为此付出代价。所以，我们要在培训内容上回归本源，夯实基础；要在培训形式上力求创新，用新颖的方式让职工在潜移默化中掌握那些看起来枯燥教条的规范。

　　强化责任担当在很多情况下更为重要。因为，相当多的事故是由低级错误导致的，只要稍加注意和留心即可避免的，所以，认真负责的态度才是确保安全生产的关键。首先，各级领导的态度要坚决、立场要坚定。安全生产是"天字号工程"，一丝一毫、一点一滴、一时一刻都不可松懈。其次，各部门生产人员的态度要端正。要认真分解安全责任，层层传递安全责任，横向到边，纵向到底，真正做到百无一漏、万无一失。再次，强化职工安全意识。职工安全意识的强化不能"一阵风"，要年年讲、月月讲、天天讲、时时讲，要有持久的态度，持之以恒，抓住不放，一抓到底。最后，要在健全安全生产机制上下功夫，尤其要在反违章制度上加大力度。要强化"违章就是事故"的理念，通过完善反违章的考核机制，强化职工的安全意识和安全责任。

　　安全生产重于泰山！但是，我们坚信：只要真正做好了提升安全素养和强化责任担当就一定能够实现安全生产。

类似的考试考核将成为"新常态"

2017 年华电集团公司安徽分公司组织安徽区域的副处级以上领导干部集体参加新《安全生产法》和《安规》考试。这次考试不同以往，不但题量更大、针对性更强，而且参加考试的都是机关和各基层单位的领导干部。强化员工的安全意识是企业管理永恒的主题，开展领导人员安全知识方面的考试直接或间接地给大家透露和传递的信息远不止安规考试本身。

第一，说明安全生产十分重要。我们从事的是电力生产，是现代化大生产，是技术密集型产业，是对安全要求很高的产业。所以，对安全生产的重视是我们企业管理的基本要求，上上下下都必须时刻绷紧安全生产这根弦。这样的考试是本来就该坚持的考试，是属于"回归本来"的考试。作为企业领导干部特别是基层企业的干部，安全知识的缺失是可怕的，是致命的"短板"。一个不懂得安全生产的领导如何领导得好企业的安全生产？如果"一方平安"都不能保证，又何谈"造福一方"？

第二，是践行"三严三实"工作作风的体现。针对这次安规考试的安排是年初分公司工作会议上就敲定的事项。说到就得做到，做到就该做好。有布置就要有检查，而且检查不能走过场。"三严三实"是具体的、实在的，不是虚无缥缈的。这样的考试实际上也是在检验我们在日常工作中作风是否"严实"。因为说了的不干、定了的不算，不仅会败坏风

工作体悟

63

气，也将损害企业形象，更有可能带坏队伍。

第三，传递考试考核将会成为一种常态的信号。随着"三严三实"专题教育的逐步推进，特别是"做实强基"工作的深入开展，华电集团安徽分公司各个方面工作无论是工作抓手还是考核手段，都在悄然变化，其指导性越来越强，针对性越来越强，操作性越来越强。只要工作需要，相关的考试或考核肯定会越来越多，而且每年都会有，很可能不止一次。

终究会有一天大家不再觉得这样的考试或考核多么"新鲜"，更不会有人认为这是在"作秀"。事实上，类似这样的考试考核正在成为"新常态"。

不及格，请给出一个理由来！

华电集团安徽分公司通报了华电集团公司第三届财务技能大赛安徽分公司预选赛成绩。值得欣慰的是，在这场除财务部主任外全体财务管理人员悉数参加的技能比赛中，我们安徽华电芜湖发电有限公司的平均成绩在区域6个单位中排名第二，财务主管周旋荣获个人比赛第二名。但在这次比赛中，竟然也有人只考了五十几分，还没有及格。

记得前不久，公司网站曾经刊登过一篇特约评论，对公司内部副值长招聘过程中个别人不及格的现象连连发问，产生了振聋发聩的效果。没有想到类似的不及格现象又出现了。如果说后者和前者有什么不同的话，前者是内部的考试，后者是具有"涉外"色彩的考试，更关乎企业的声誉；参加副值长竞聘考试的是一线生产主值岗位的职工，而参加分公司财务技能考试的则是公司的管理层面的人员，更能代表一个单位的管理水平。

作为专业对口的毕业生，作为从事财务管理工作的专职人员，在参加了考前培训辅导的情况下，有什么理由不及格？谁能给出个合理合情的不及格的理由来？想考满分确实不容易，但是，想考不及格也同样的不容易。

也许有人这样辩解：考得好未必干得好。这话不能说丝毫没有道理，可是，在这次考试中我们发现，考得好的往往也是干得好的、学

工作体悟

得好的；而考得差的，则往往是平时就不怎么钻研业务的，甚至也是干得不怎么样的。那些基础差、考试又没考及格的人，要知耻后勇，奋起直追。

这个公式不可不知

在效能监察专项检查过程中发现华电集团某公司有夜班值班人员没到岗，也没有按照规定签到的问题。由此想到一个很简单却又容易被忽视的公式："布置工作+不检查=0"。分解下达任务、安排布置工作是各级管理人员经常性的工作，也是推进工作的重要环节。事实上，这个环节的工作多半做得不差，有的部门行动迅速，雷厉风行；有的部门反复商议，策划详细；大家对这个环节的工作几乎达到了无可挑剔的程度。但是，有的部门的领导简单地认为布置完毕便万事大吉，殊不知，布置工作虽然是完成任务的前提条件，但不是完成任务的唯一条件。缺少和忽视对工作完成情况的检查，布置工作做得再好也起不到预期的作用。人都是有一定惰性的，没有督促和检查，很多的工作会流于形式，会雷声大雨点小，会虎头蛇尾……这样的例子比比皆是，无须多举。

检查工作相对于布置工作、制定措施、付诸实施等环节也许不需要费很大的精力和很多的时间，但是却是不可或缺的。各级领导反复强调强化执行力建设，实施闭环管理。其实，没有检查，就不是闭环；不重视检查，强化执行就是一句空话。笔者曾在生产现场看到过这样的安全文化宣传牌，上面写着："绳子常在磨损地方拉断，事故总在薄弱环节出现。"其实，开展工作的过程中，忽视工作检查的现象就是绳子的"磨损地方"和安全管理的"薄弱环节"。"布置工作+不检查=0"这个公式不可不知。

听闻邹县电厂将足额收取职工住宅水电费

　　前些日子回山东，听到了邹县电厂将要足额收取职工住宅水电费的消息。此前，该厂的水电费不是足额收取的，实际上是给职工的一种福利。这种福利的存在，是有一定的历史背景的。我听到该信息的第一反应是：邹县电厂改革的力度在加大，改革的速度在加快。我认为该厂的做法是对的。因为，邹县电厂的做法既符合国家的大政方针，又符合企业挖潜增效的需要，此举对建设节约型企业将产生积极的推动作用。不过，该厂即使在今后的一段时间，保留这种福利，也是可以解释的。因为该厂地理位置相对偏僻，远离城区，没有比较好的福利条件便不利于留住人才。所以从这个角度上讲，这种福利如果暂时不取消也不是没有一点道理的。据说，这一决策的酝酿是经过了一个比较长的过程的，而且全厂职工从企业发展的长远利益出发，支持厂里的改革举措。他们的改革精神令人佩服，他们的行为是跟上形势发展、跟上改革步调的表现。

　　那么，怎样才算跟上改革的步调呢？这是个大问题，实难一言蔽之。但是，至少我们应该切实降低不切实际的期望值，至少应该克服"等靠要"的思想。退一步讲，即使思想不能立马到位，也应该要使自己具有这么一种意识，免得将来触及个人利益的时候难以接受。但愿我们的员工能够从邹县电厂将足额收取职工住宅水电费这条信息中悟出点什么。

创新氛围的营造非常重要

谈及创新，人们往往关注的是，出了几项成果，获得了哪些奖项。这当然值得关注，但是，更值得关注的应该是创新氛围的营造。之所以把创新氛围的营造看得如此重要，是因为一个有利于创新的氛围的形成需要更长的时间。几项成果的涌现也许有三五个人的努力就能实现，而创新氛围的形成则需要社会各界的广泛参与；尽管创新成果的涌现有助于创新氛围的形成，但是，可以肯定的是，好的创新氛围更有利于创新成果的涌现。

如果把创新成果看成树木，那么，创新氛围无疑就是滋养树木的土壤。因此，在具体工作中，我们不能太过局限，只追求多出几项创新成果；而要有更高的定位和追求，把更多的精力用在创新氛围的营造上，尤其要通过出台相关政策鼓励和支持创新，让更多的人热衷创新、参与创新、投身创新，通过建立和完善一系列的机制，进一步优化创新环境，让更多参与创新的人们有获得感、荣誉感和成就感。

大众创业、万众创新要求我们各行各业的广泛参与，没有浓厚的氛围，缺少完善的机制，"大众创业、万众创新"就是空话。我们各单位各部门都有义务为创新氛围的营造尽力尽责，而不是仅仅将精力集中在某个或者几个创新项目上。如果创新的氛围营造起来了，大批创新成果的出现也就只是时间问题了。

职工创新永远在路上

安徽华电芜湖发电有限公司通过对职工创新工作室进行模式再造，实现了创新主体多元化、激励方式先行化、创新课题项目化、推进过程流程化，取得了一大批创新成果。继前不久公司"硫化灰料位仪创新成果"获得第八届国际发明展会银奖后，公司另一成果——"超超临界机组锅炉防磨防爆管理创新项目"又获得全国电力行业设备管理创新成果一等奖。

没有创新就没有突破，没有创新就难以发展。实践证明，哪家企业重视创新、支持创新、鼓励创新，哪家企业就有生机和活力，哪家企业就有竞争力和生命力。

创新是自我革新、自我突破，是没有尽头、没有止境的事业。创新是企业的动力之源，企业的竞争力取决于企业的创新能力，创新无时不在、无处不在。安徽华电芜湖发电有限公司不但重视创新，而且对牵头创新的职工创新工作室的运作管理实施再创新，进行模式再造，所以，实现了创新活力的持续迸发。

创新既包括理论创新，也包括实践创新；既包括专家创新，也包括"草根"创新；既包括设备创新，也包括管理创新、制度创新、机制创新……专家学者的发明创造是创新，普通员工的奇思妙想、某项合理化建议也是创新。工作所需、领导所盼、职工所急的事项和问题，都是创新的对象和方向。总之，创新作为事业是可以做无数文章的"大课题"，也是广大职工可以一试身手的大舞台。

职工创新无止境！职工创新永远在路上！

职工创新不求"高大上"

　　职工创新成果当然越突出越好。但是，职工创新毕竟是群众创新，应该立足基层、结合实际、聚焦一线，应该从小处着手，多搞一些"短平快"的创新项目，通过"小改小革"，营造创新氛围，凝聚创新热情，成就创新人才。相反，如果过于把精力放在科技含量高、时间跨度大、投入资金多的"高大上"项目上，看上去有迎难而上、知难而进的勇气，却未必是上佳选择，未必能够多出成果、快出成果，因为基层企业未必具备攻克"高大上"课题必需的技术储备和资金支持。

　　相比之下，"短平快"的创新项目更有实际意义，也更适合一线职工。其一，针对性强。所选的课题紧接地气，符合生产经营实际，是企业所需、管理所求、领导所盼、职工所能。其二，选择空间大。有的单位开展创新活动的时候往往有无从下手的感慨，如果是"短平快"的项目，其实大可不必，生产管理的环节中就有创新的发力点和着眼点。这样的课题很多，根本不愁无处下手，广大职工尽可大展身手。其三，收获成效快。这样的课题通常不需要成年累月地投入时间和精力，能够在较短时间内为企业解决现实问题并带来现实效益，个别项目甚至可以收到立竿见影之效。其四，性价比相对较高。这样的课题通常投入不大，投入产出比相对较高，能产生"少花钱多办实事"的作用。其五，有利于良性循环。职工创新成果的不断涌现可以反过来激发职工的创新激情，进而在广大职工中产生示范和辐射效应，激励更多的职工关注创新、支持创新、投身创新，广大职工的踊跃参加也必将推动职工创新成果的大量涌现。

因此，从职工创新的角度讲，"短平快"优于"高大上"。我们期待华电职工创新工作能够早出成果、快出成果、多出成果。

"越"己者"荣"

　　一般说来，一个团队超越另外一个团队不是一件容易的事情，这需要团队各成员的努力。所以，没有个体成员不断的自我超越，就很难实现团队的超越。作为个体成员，也许一时没有力量超越别人，但是完全可以努力提高自己，完善自己。对自己的不断超越，就是一个自我完善、自我能力提升、自我进步的过程。人们常说"只有战胜自己，才能超越别人"，要做到超越自己的第一步就是要有战胜自己的信心和决心，要树立"越"己者"荣"——以超越自己为荣的意识和观念。

　　超越自己其实并不复杂，只要一个人设定一个个目标，通过坚持不懈的辛勤努力，不停地鞭策自己，克服惰性，坚持不懈，就一定会超越自己。一个人的潜力是巨大的，认识不到自己的潜质和潜力，是对自己的不负责任；如果仅仅是认识到，而不去开发它，同样是对自己的不负责任。时下，许多单位都在强化团队建设，而且开展了诸多培训教育等活动，其宗旨是为了促进团队和个体成员素质的不断提高，提升团队与个体成员的竞争力。这就更需要强化个体成员"越"己者"荣"的意识，鼓励员工不断战胜自己、超越自己、成就自己。

　　我们为不断超越别人的人叫好，我们更为不断超越自己的人叫好。而且我们相信，具备了超越自己的能力，也就奠定了超越别人的基础。因此，团队建设中，一定要鼓励员工树立"越"己者"荣"的意识。

观念一变天地宽

随着社会的生产方式、人们的生活方式和思维方式的不断变化，观念更新的意义越来越凸显出来。"新观念金不换""观念一变天地宽"已经成为共识。观念更新不是空洞的口号，而应成为人们工作中的一种追求。

观念之一："管过了"≠"管好了"。

有些部门缺乏工作的预见性、主动性和创造性，对棘手的问题不敢碰，或者满足于"抓过了""管过了"，至于"后事如何"，在他们看来似乎并不重要甚至根本就无关紧要。而他们"抓"或"管"的具体行动也多半是"发个文""开个会"而已。总之，他们只注意"管"了没有，并不关心"管过"之后的结果。这实际是不尽责、不到位、不作为的表现，称其为形式主义也不为过。

实际上，有些问题一时没有做好并不可怕，可怕的是压力不够、标准不高、要求不严，不想方设法努力做好，甚至抱有冷漠、麻木、无所谓的工作态度。大到政府、小到企业，开展任何工作都要在"管过"之后及时回头看一看收效如何，因为"管过了"不等于"管住了"，更不等于"管好了"。

观念之二："能人"≠"不犯错误的人"。

所谓的"能人"，就是融合能力强、思维跨度大、一专多能的复合型人才，他们接受能力强、创新意识强，能触类旁通、举一反三，但往往也很有个性，甚至可能会犯错误。

企业间的竞争，归根到底是人才的竞争。用什么样的人是个重要的导向问题，使用能人不能怕他犯错误，工作干得越多，犯错误的概率就越高，只要不涉及原则性的大问题，一些小失误是正常的、允许的。应该放手使用"能人"，只有把"能人"的作用调动起来了，形成"想干事的有机会，能干事的有舞台，有作为的有地位"这样的工作氛围，才是最可宝贵的。

观念之三："唱功好"≠"做功好"。

尽管各级领导反复强调要力戒"表面、表层、表演"，但有的人就是不朝"说实话、办实事、求实效"上努力，只练"唱功"，不练"做功"，甚至"光说不练"。

练"唱功"的不是不抓工作，而是和练"做功"的一样抓，一样的辛辛苦苦，一样的忙忙碌碌，一样的脚不沾地，如果不认真分辨，很难分清谁在练"唱功"，谁在练"做功"。

练"做功"的开会，练"唱功"的也开会。前者注重的是会议效果，而后者注重的是会议形式。练"做功"的讲话，练"唱功"的也讲话。前者讲的是"当前的形势如何""如何抓""抓什么""抓到什么程度""取得什么效果"等问题。而后者，空话连着套话，言之无物，无从落实。练"做功"的抓典型，练"唱功"的也抓典型。前者的"典型"是推动工作指导实践的，是响当当的；后者的"典型"是造出来的，是花架子，是给领导看的。练"做功"的总结，练"唱功"的也总结。前者重点总结的是经验和教训，是差距和不足；而后者的总结则倾向于论功摆好，偶然涉及不足时，也是轻描淡写、文过饰非。

"唱功"有一定的欺骗性，作为领导应该不但听其怎么说，还要看其怎么做。通过深入实际、调查研究，及时发现问题，不让那些只会"花拳绣腿"的人占便宜。能讲会说是好事，很多场合需要说得出来、讲得精彩，但是要说到做到、做到做好。

观念之四："醒得早"≠"起得早"。

醒了个早五更，赶了个晚集。行动的迟缓可能造成被动和遗憾，具体到企业发展上，则可能错失良机。

前些年，某单位计划了一个技术含量较高的项目，可行性研究结果表明，产品的市场缺口很大，是个很有潜力的项目，但是他们的操作过于迟缓，在设备进口上举棋不定，合作方的选择方面也犹豫再三，甚至连厂址定在什么位置也反复调整。所以，等他们的企业投产时，市场已经被瓜分殆尽。由此看来，认准了的事情如果不抓紧操作，只是停留在思考和规划阶段，充其量是"思想的巨人，行动的矮子"。

观念之五："1+1≠2"。

在企业的投资运营过程中，如何规避投资风险、争取最大的利益回报是企业领导必须慎重考虑的问题。若项目资产是"1"，投入资金是"1"，投资的结果可能是以下几种："1+1<2""1+1=2""1+1>2"。"1+1>2"才是应该追求的，企业投资必须坚持"慎重投入，注重产出"的原则，用最小的投入实现最大的产出，追求效益最大化。

观念之六：大≠强。

"把企业做大"似乎成了企业界的一股潮流。企业的发展壮大需要时间，需要脚踏实地工作。个别企业盲目地追求规模上的扩张，纷纷把一个个小企业生硬地、机械地甚至是行政性地捆绑在一起。规模上的扩张并没带来竞争能力的增强。零加零加零还是等于零，负数加负数加零还是等于负数。原本效益较好的企业因这类盲目扩张而背上沉重包袱，最终被拖下水的例子屡见报端。

"大"不代表"强"，"强"才有竞争力。不能带来竞争力增强的"大"没有意义。

观念之七：失败≠成功之母。

搞科学试验和学术研究时，提倡"失败是成功之母"是有道理的。但是搞企业管理，面对激烈的市场竞争，这一法则就成了"大忌"，特别是涉及企业重大投资问题时更是如此。因为一次决策失误或一次投资失当，就很可能使企业大伤元气，甚至使整个企业面临灭顶之灾。有可能因为这次失败，企业便失去了重新崛起的资本。

"推发展、促和谐"是企业党建工作的重要任务
——学习贯彻华电集团公司党的建设工作会议精神系列评论之一

在刚刚结束的华电集团公司党的建设工作会议中,"持续推动公司科学发展,大力促进企业和谐稳定,为建设以电为主的国内一流能源集团提供坚强的思想保证、政治保证和组织保证"成为今后一个时期公司系统党建工作的总体要求。可以说,"推发展、促和谐"已经成为企业党建工作的重要任务,已经成为衡量一个区域、一个单位党组织作用发挥是否到位的重要指标。

发展与和谐互为条件、相互依存、缺一不可。一方面,没有发展便没有进步,没有发展也不可能有真正的和谐,更不可能有持久的和谐。另一方面,和谐稳定是发展的基础。没有和谐稳定的氛围和环境,发展便没有起码的基础和前提。和谐稳定的工作没有做好,发展就是一句空话。因此,推发展、促和谐两项工作必须统筹协调推进,不能偏废任何一个方面。

实践证明,包括和谐在内的许多问题和矛盾最终还是要通过发展来解决。华电集团公司党建工作必须要围绕发展这个第一要务来开展,朝着建设以电为主的国内一流能源集团愿景目标来努力,通过参与决策来谋划发展,通过带头执行来引领发展,通过有效监督来保证发展,努力推动转变发展方式取得新进展、深化管理创新形成新成果。要进一步加强党的领导,牢固树立正确的价值观念,解放思想,集思广益,创造性地

开展工作，落实好"转方式、调结构、推创新、提效益"的总体思路和"四个加快""五个转变""五个坚持"等新要求，增强华电集团公司的核心竞争力，不断把事业做强做大。要把改革发展和生产经营的难点、焦点作为党建工作的重点、着力点，有的放矢地开展工作，生产经营延伸到哪里，党建工作就覆盖到哪里。大张旗鼓地开展"管理创新、党员争先""争创'四强'党组织、争当'四优'党员"等主题活动，把党的政治优势转化为企业的创新优势、竞争优势、发展优势，使党建工作成为企业科学发展的内在推动力，使党组织活动真正为企业所需要、党员所欢迎、职工所拥护。

推发展不能空有一腔热情，必须遵循客观规律，遵循企业发展的一般规律，认真研究、准确把握电力企业科学发展的基本规律，使我们的决策、措施更加符合客观实际；必须统一意志，统一步调，积众力之举，成众智之为；必须积极进取，力戒小富即安、小进即满的思想，时刻保持蓬勃朝气和昂扬锐气，推动华电事业又好又快发展。

促和谐就是要落实党的稳定工作责任制，倍加珍视、切实维护团结稳定的发展环境，把维护稳定作为一项硬任务和第一责任，通过进一步加强党的建设、充分发挥党组织和党员干部的作用，及时发现和消除各种不和谐、不稳定因素，化解矛盾，理顺情绪，振奋精神。"没有规矩不成方圆"，促和谐不是不讲原则，不是"和稀泥"，而是在坚持原则、严格执行制度的前提下，发挥党的政治优势，充分调动一切积极因素，追求内部合力的最大化。

促和谐首先要加强党对领导干部的管理，强化党性修养，增进班子的和谐。协调有序的氛围是班子成员党性修养过硬、班子团结和谐的一个重要标志。在一个班子中，分工不同，工作会有不同的要求。这就需要班子成员之间相互尊重、相互理解、相互支持，努力做到思想上坦诚相见、工作上同舟共济、生活上关心帮助，人人为营造团结和谐、宽松融洽的氛围尽心尽力，进而促成"一心一意谋发展，聚精会神搞建设"局面的形成。促和谐最根本的是要建设和谐的员工队伍。各级党组织要坚持贴近实际、贴近生活、贴近职工，持续深化企业文化建设，继续加强《华电宪章》的宣贯，扎实开展企业文化创新活动，全力推进文化理念与规章制度的衔接，努力把党的先进思想和价值追求落实到企业的发展理念、经营宗旨和职工行为准则之中，增强干部职工对华电文化的认知度和认同度，使之内化于心、外化于行、固化于制。

我们的每个党员、每一位干部员工都要有推发展、促和谐的意识和责任，从大处着眼、从小处入手，立足本职、尽职尽责，为推发展、促和谐贡献力量。

钢班子、铁队伍，企业科学发展的重要基础

——学习贯彻华电集团公司党的建设工作会议精神系列评论之二

　　"火车跑得快，全靠车头带"。没有坚强的领导班子，企业就难以形成核心，就不可能有带队伍的号召力、推发展的原动力、促和谐的凝聚力。《华电集团公司五年发展纲要》为我们描绘了公司发展的绚丽愿景，在新的形势和新的任务下，让这个美好蓝图变为现实，要靠钢班子，同时更需要铁队伍。钢班子和铁队伍是推动企业科学发展的坚实基础。

　　首先，要建设过硬的各级企业领导班子。

　　提高领导班子整体素质和能力，既要靠组织培养和自我锤炼，又要靠制度约束。组织的培养主要体现在对领导班子成员的选拔和管理等方面，目的在于优化班子结构，使领导班子形成"年龄结构上梯次配备、专业结构上类型齐全、经历结构上相济互补、性格结构上协调认同"的格局，进而使领导班子的视野更加开阔，思考更加全面，决策更加科学，促其产生"1＋1＞2"的效果。班子建设是学习的过程、再造的过程，要取得更好的学习效果，就需要在实践过程中不断锤炼。

　　团结协作是领导班子建设的应有之义。班子成员之间，要相互包容、相互补台、相互谅解、相互支持，凡事从团结的角度出发。一方面，作为"一把手"，要胸襟开阔，有容人容事的气量，以理服人、以德服人，在工作中既要坚持原则、敢抓敢管，又要善于协调成员间的关系，解决班子内部存在的问题，把力量凝聚起来，形成抓工作的整体合力。另一

方面，团结不是无原则的，要在开展批评和自我批评的基础上营造团结的局面，仅仅是表面上的一团和气不是真正的团结，一个内耗频发的班子是难以经受风雨考验的。

其次，要注重铁队伍的建设工作。

第一，我们需要建设一支结构合理、数量充足、素质良好、配置优化，能不断适应企业又好又快发展的优秀干部队伍和人才队伍。今天，我们面临的任务之艰巨、形势之严峻前所未有，要实现华电集团公司的科学发展，领导干部必须要"干"字当头，要有不断突破的勇气，要有超越自我的雄心，要有坚韧不拔的毅力，要有攻坚克难的能力，不但敢干，而且要会干。必须要老老实实做人、干干净净做事，不管本事有多大，不管职位有多高，都必须自觉做到廉洁从业、艰苦奋斗，时刻保持高尚的精神追求，拒腐防变。人才资源是第一资源，我们要把人才强企作为企业最重要的战略，大力培养、引进和使用人才，特别是煤炭、金融、物流、核电等企业当前发展急需的各类人才和未来发展必需的高层次人才，加快形成优秀人才脱颖而出的企业环境，使集团公司成为各类人才的聚集地，切实增强企业的核心竞争力。

第二，我们需要建设一支政治素质优、岗位技能优、工作业绩优、群众评价优，在企业改革发展稳定中发挥先锋模范作用的"四优"党员队伍。新的形势下要更加注重党员队伍建设，尤其要通过开展争创"四强"党组织、争做"四优"共产党员活动，使每个党员时刻牢记自己是工人阶级的先锋战士，并且努力把党员培养成生产经营的能手、创新创业的模范、提高效益的标兵。广大共产党员必须从严律己，自觉强化"三个意识"，即进一步强化党员意识，顾全大局，争当表率，自觉贯彻党的决定，自觉服从党的安排，自觉履行党员义务，自觉发挥党员作用，切实维护党的形象，以实际行动保持和发展党的先进性；进一步强化学习意识，牢固树立终身学习、自觉学习的观念，坚持学习、学习、再学习，坚持实践、实践、再实践，坚持创新、创新、再创新，努力使自己成为

"熟悉行业知识、精通业务知识、掌握管理知识、通晓市场知识"的复合型人才；进一步强化群众意识，时刻牢记全心全意为人民服务的根本宗旨，切实把实现好、维护好、发展好群众的根本利益放在心上，密切联系群众，倾听群众呼声，关心群众疾苦，真心诚意地为他们办实事、解难事、做好事。

第三，我们需要建设一支有理想、有道德、有文化、有纪律，熟练掌握专业技术知识和工作技能的"四有"职工队伍。职工队伍建设是关系公司发展薪火相传、事业兴旺的战略大计，集团公司上下务必要达成这样的共识，大力加强职工队伍建设，努力在"强素质、提能力、增活力"上下功夫。要不断加强理想信念和形势任务教育，加强中华优秀文化传统教育，引导大家自觉弘扬以爱国主义为核心的民族精神和以改革创新为核心的时代精神，培养高尚道德情操和健康生活情趣，保持昂扬奋发的精神状态。要加强职业道德教育和职业技能培训，继续大力实施职工素质工程，畅通职工职业发展通道，让职工在推动企业科学发展的过程中实现自身的全面发展。

有了坚强的领导班子，有了过硬的队伍，相信我们华电集团将无往而不胜，相信我们的事业将不断迈上新台阶！

万紫千红春满园

——华电集团公司创先争优先进典型现场经验交流会系列评论之一

　　2011年3月21日，恰值春分，中国华电集团公司基建工作暨创先争优工程管理先进典型经验交流会在昆明召开，拉开了集团公司创先争优先进典型现场经验交流的序幕。之后，星级企业创建、学习型党组织建设两个现场经验交流会也分别在包头、扬州成功召开。这是集团公司深入推进创先争优活动、贯彻落实2010年工作会议精神的重要举措，是"抓落实、见成效"的具体行动。如此高层级、高密度、高规格，在全系统集中举办先进典型现场经验交流会，是集团公司成立以来的第一次，这充分凸显了集团公司通过创先争优活动，培育、选树、学习先进典型，推动工作上台阶、创水平的工作思路。

　　典型示范是被实践证明行之有效的工作方法。有一种高度概括的说法叫作"抓两头、带中间"，就是一头树先进典型，一头做后进转化工作，通过抓两头，把中间层带动起来。典型示范不但给我们树立了标杆，做出了样板，而且告诉我们怎么打造这样的标杆，如何成就这样的样板。典型示范具有以点带面的功效，这样的"点"多起来、这样的样板树起来，百舸争流、万马奔腾的局面何愁不能形成。

　　集团公司历来重视典型选树工作。2011年集团公司工作会议上就隆重表彰了包括"五星级企业""文明单位标兵""集团公司先进工作者"等在内的许多典型。与此同时，创先争优活动领导小组也推出13个集团

工作体悟

85

公司创先争优先进典型，并授予漯河公司"创先争优基建示范工程单位"、包头公司"7S管理示范点"、扬州公司党委"学习型党组织建设示范点"。这是集团公司经过层层评选、认真考察、优中选优确定的，具有很强的代表性、示范性。这些典型各有侧重，都有其闪光点，他们的经验鲜活、具体、真实、可学，从不同的侧面展示了集团公司系统内各项工作的先进水平，其示范意义不言而喻。集团系统内的各公司应该进一步增强紧迫感和使命感，充分利用好"创先争优"这个平台，学典型、比典型、超典型、当典型，以创先争优的激情、以舍我其谁的勇气、以务实严谨的作风，在本职工作中做出成绩。

三个专题经验交流会的相继召开，使2011年的三月春意更浓，也使得我们集团公司新一年度的工作充满着希望。我们有理由相信，随着创先争优活动的持续深入，集团公司安全生产、工程建设、党的建设等各方面工作的各类典型必将如同雨后春笋不断涌现，呈现万紫千红、春色满园的美好景象。

先进典型是重要的无形资产

——华电集团公司创先争优先进典型现场经验交流会系列评论之二

　　华电集团公司创先争优先进典型三个专题经验交流会议结束后，在华电系统内提起数字党建，大家不禁要向扬州发电公司竖起大拇指；讲到管理创新，就会谈起实行"7S管理"的蒙能包头发电公司……原因就是作为典型，这些成功的经验是企业重要的无形资产，已经与企业融为一体，是企业的一张"名片"。

　　企业的资产包括有形和无形两部分。厂房、设备、产品等有形资产是企业发展壮大之基；管理、文化、品牌等无形资产是企业基业常青之魂。美国可口可乐公司老板曾这样声言："倘若我的公司在一夜之间被付之一炬，我可以毫不惊慌地凭借'可口可乐'这块牌子，第二天就可以从国际银行贷款数十亿美元重新开始。"这说明了软实力、无形资产的价值。如果一家企业没有叫得响的典型、没有过硬的品牌，那就说明该企业缺少一定的无形资产，企业软实力不强，即使有强大的有形资产，企业的竞争力也会大打折扣。企业先进典型具有示范带动作用和品牌形象价值，是构成企业软实力的核心要素，属于企业的重要无形资产，应当高度重视。华电集团公司提出了创造可持续价值、把华电事业做强做优的目标，而要实现这一目标，不仅要靠企业的硬实力，还要靠企业的软实力，所以，打造先进典型不可不为。

　　2011年，华电集团公司推出了13个创先争优先进典型，并授予华电

工作体悟

漯河公司为"创先争优基建示范工程单位"、包头公司为"7S 管理示范点"、扬州公司党委为"学习型党组织建设示范点"……2011 年 3 月，华电集团公司接连召开的三个专题经验交流会，既是对创先争优活动的有力推动，也进一步表明了集团公司对树立典型先进工作的高度重视。

和企业的其他无形资产一样，先进典型的成长也是动态的、开放的，需要持续提升、不断优化。集团公司应该重视先进典型的培育工作，以实际行动营造适宜典型成长的氛围，积极地打造典型、宣传典型、学习典型。只有这样，华电事业才会蓬勃发展、兴旺发达。

关于"7S管理"的三问

——华电集团公司创先争优先进典型现场经验交流会系列评论之三

2011年3月25日,在包头召开中国华电集团公司创先争优先进典型现场经验交流星级企业创建专题会议上,华电蒙能包头发电公司被授予中国华电创先争优先进典型"7S管理示范点"的称号。会上,"7S管理"一时间成为人们热议的话题。而在热议"7S管理"的同时,很有必要对华电蒙能包头发电公司"7S管理"进行以下几个方面的认真思考。

其一,"7S管理"是什么?从文字表述上看,所谓的"7S"就是"整理"(Seiri)、"整顿"(Seiton)、"清扫"(Seiso)、"清洁"(Seikeetsu)、"素养"(Shitsuke)、"安全"(Safety)、"节约"(Saving),包括对人、机、料、法、环的管理。具体做法是:对生产现场重新规划与安排,保证清洁生产、杜绝职业危害、防止环境污染,并使之制度化、标准化,以消除事故隐患,保证安全作业;同时,培养员工遵守规章制度,合理利用时间、空间和能源,发挥其最大效能。但是,我们仅仅知道定义是不够的,更要了解华电蒙能包头发电公司是如何在工作中落实和推进的,尤其是遇到困难和问题的时候,重点抓了些什么?"7S管理"是华电蒙能包头发电公司认真学习、悉心探索、全面总结、反复提炼的结果,也是其紧密结合中心工作,深入开展创先争优活动的结晶。"7S管理"作为节能降耗、降低生产成本、提高生产力的重要手段,内涵丰厚、科学严谨,值得认真学习和借鉴。

工作体悟

其二，为什么华电系统内"7S管理"会出自华电蒙能包头发电公司？华电蒙能包头发电公司投产发电的时间才4年多，管理基础未必多深，文化底蕴也还有待积累，就员工的整体素质而言，也不见得能在公司系统名列前茅。但是，就是这么一家单位，硬是成功地"杀出了一条血路"，让华电系统内"7S管理"率先在这里落地生根。"7S管理"不仅可以改善生产作业环境，而且能够规范生产管理、提高劳动效率、鼓舞员工士气，站到了管理创新的制高点。这就有必要从领导班子的管理素养、管理思想、工作作风、企业文化等诸多方面深入探讨。

其三，"7S管理"成效怎么样？"怎么样"的问题最有实际意义，就是"7S管理"在华电蒙能包头发电公司取得的实际成效。"7S管理"给华电蒙能包头发电公司带来了利润、电量、煤耗等一系列经济技术指标的变化，以及华电集团公司授予的五星级发电企业等一系列荣誉，都有力地证明了其成效。另外，"7S管理"作为华电集团公司推出的具有创新意义和标志性意义的管理创新成果，还被中国电力企业联合会授予全国电力行业企业管理创新成果一等奖。"7S管理"的出现为集团公司蓬勃开展的创先争优活动注入了活力，"7S管理"的推广为促进管理创新、提高企业核心竞争力开辟了新路，"7S管理"的研究对发电企业的管理具有重要的借鉴价值。

"7S管理"也在潜移默化地改变人的行为、提升人的素养，员工的行为进一步规范，责任感进一步增强，团队士气进一步提升，企业形象和核心竞争力显著增强。与会代表大多对"7S管理"表现出浓厚的兴趣。但是，既要临渊羡鱼，更要退而结网。希望更多的人关注"7S管理"，更多的单位学习"7S管理"，更多的企业超越"7S管理"。

今夕是何年？

——学习贯彻华电集团安徽分公司2013年工作会议精神系列评论之一

今夕是何年？这看似不值得一问的问题实际上包含着丰富的内容，也包含着许多难以捉摸、难以把握的因素，却又是岁末年初关键时期不能回避的问题。在新的一年里，我们究竟面临哪些新情况新问题？内外部形势怎样？哪些是机遇？哪些是挑战？对这些问题的解答是召开年度工作会议的重要目的。因为，把握不好形势，就会错失机遇；把握不好形势，就很可能捡了芝麻丢了西瓜；把握不好形势，就很可能跟着感觉走，导致走弯路入歧途。从这层意义上讲，华电安徽分公司2013年工作会议的工作报告就如何把握我们面临形势的问题给了清晰明确的解读，让我们有了一种豁然开朗的感觉。

会议指出，我们正处于宏观形势的复杂时期，处于不进则退的关键时期，处于各种问题交织的严峻时期，处于加速发展的机遇期。如果说报告关于国家和世界经济形势的论述是宏观观察，那么，在我们"处于不进则退的关键时期"的分析就应该算作宏观审视，而对我们"处于各种问题交织的严峻时期"的解读，就是微观解剖了。

报告中关于四个"期"的论述很深刻。报告既讲到了国际经济形势依然"错综复杂、充满变数"，也讲到了中国经济"不平衡、不协调、不可持续的问题依然突出"；既肯定了系统各单位争先恐后、力争上游的精神状态，也指出了我们在"5+1"格局下装机容量"仅高于华能"的现实，

工作体悟

91

还强调了"华电在皖尚没有百万千万容量机组"的尴尬,可以说一语直击我们的软肋,有振聋发聩之效。

报告中关于四个"期"的论述很客观。正如报告所分析的,一方面,随着经济结构、能源结构调整的深入,节能减排力度不断加大,加之春节之后煤炭产能的释放,国内煤炭价格同比仍将回落是可以预期的。另一方面,安徽经济的加速发展必将带来旺盛的电力需求,为抢发电量带来机遇。另外,报告中还对华电安徽分公司企业文化的丰富和发展所凝聚的精神动力表现出极大的期待……这方面的论述同样既理性冷静,又客观实在。

理解和认识关于形势的分析是很重要的。比这更有意义的则是我们应该学会辩证地、历史地、发展地分析面临形势的方法,培养这种意识和思维习惯。只有这样,我们才能趋利避害,防患于未然,立于不败之地。

我们相信,只要大家未雨绸缪、冷静分析、认真把握,就一定能够清醒面对、抢抓机遇、掌握主动,就一定能在2012年取得成绩的基础上持续提升,就一定能不断开创分公司工作的新局面,成功打造"五型四化"一流分公司。

不可"一俊遮百丑"

——学习贯彻华电集团安徽分公司2013年工作会议精神系列评论之二

　　2012年是华电安徽分公司佳绩频现、捷报频传的一年，是安徽分公司大打翻身仗、具有转折意义的一年，是干部员工扬眉吐气、可喜可贺的一年，是在安徽分公司发展史上留下浓墨重彩一笔的一年。华电安徽分公司2013年工作会议配发的《企业竞争力对标分析》，通过16幅图表以非常直观的方式展示了华电安徽分公司不仅利润总额名列各区域公司前茅，而且单位千瓦利润贡献度名列第一；不仅供电煤耗最优，而且厂用电率指标最好；不仅利用小时数在各区域当中遥遥领先，而且利润超预算的幅度遥遥领先……一组组数字反映了安徽分公司在华电集团和华电国际公司的正确领导下经营业绩的大幅提升和各方面工作质的飞跃，令人振奋！

　　然而，2012年的成绩不能代表2013年的成绩，过去的成功也不意味着未来的成功。有成绩，不等于没问题。再大的成绩，也掩盖不了问题。我们仍然在安全生产、项目发展、经营管理和队伍建设诸多方面存在问题，在鲜花和掌声面前，我们应该表现出足够的冷静。若过分地看重荣誉，荣誉就成了前行的"包袱"。陶醉和沉浸于过去的荣誉，无异于躺在功劳簿上睡大觉。曾经我们亏损的时候没有一蹶不振，没有怨天尤人，没有"一丑遮百俊"；如今，我们获得荣誉取得成绩的时候，也没有理由"一俊遮百丑"。当初的我们没有妄自菲薄，如今的我们也不能妄自尊大，这才是一个企业成熟的表现。

　　成绩就像地上栽的树、路上修的桥，你看得见，别人也看得见。如果只对成绩津津乐道，而对问题视而不见，只能加重问题、加剧矛盾、耽误工作。无论什么时候，无论多大的困难和多严重的问题，都应该一条一条摆出来。问题当前，只有实事求是地承认、客观公正地分析、开诚布公地讨论，才能对症下药、药到病除。有问题不可怕，可怕的是回避开脱。

　　百舸争流，各有千秋。安徽分公司前有"标杆"，后有"追兵"，不进则退，进慢了也是退。面对时不我待的形势，上级公司在关注我们，员工在期待我们，我们需要正视问题，贯彻落实分公司"1158"的工作思路，全面完成"打造'五型四化'一流分公司"这一艰巨而光荣的任务。我们哪里有资本左顾右盼、遮遮掩掩？我们哪里有资本沾沾自喜、以俊遮丑？我们哪里有资本不抢抓机遇、完善提高？

做好"结合"大文章

——学习贯彻华电集团安徽分公司2013年工作会议精神系列评论之三

　　"结合"是领导干部在领导实践中最经常碰到、最需要处理好的思想方法和工作方法。"结合"就是具体问题具体分析。能否把安徽分公司的要求同本部门、单位的具体实践联系起来，找到抓落实的途径，就是结合问题；能否在贯彻集团公司工作部署的过程中，及时拿出既能有效贯彻上级部署，又符合本部门、单位实际的具体办法，同样是结合问题。从一定意义上讲，做好"结合"工作，最重要的是找准结合点，这是领导工作的基本功，也是领导干部应自觉学习和不断提高的能力素质。把理论与实践、上情与下情、全局与局部有机地结合起来，才能创造性地开展工作。

　　贯彻会议精神是个复杂的过程，不能走以会议落实会议、以文件贯彻文件的套路。召开会议组织学习是基本的、必需的，但更应该多做"结合"的文章，把会议精神与本单位实际结合起来，融会贯通、为我所用，自觉地用会议精神指导各单位的具体工作。贯彻会议精神不能囫囵吞枣。各单位各部门要利用各种形式组织好学习宣贯，消化领会，把握要领。对会议强调的"五型四化""三破三立""一条主线""五个关键"等方面的问题，更应该深刻领会其精神实质，努力地用会议精神统一思想、统一意志、统一行动。

　　贯彻会议精神不能对自己有益的就做，无利的就不做。比较而言，华

工作体悟

95

电安徽分公司是一个整体，在贯彻会议精神的过程中要进一步强化全局一盘棋的精神，自觉做到局部服从全局。在项目发展、电量争取等方面，都面临协调和默契的问题，不能把小算盘打得叮当响，而置华电安徽分公司整体利益于不顾，只要对华电安徽分公司整体有益，该付出的就要付出。

"结合"的文章做得好不好，要看干部员工的精神状态是不是振作。会议精神的贯彻落实要体现在进一步厘清思路、振作精神上面来，要通过会议精神的贯彻落实更加增添信心、更加振奋精神、更加步调一致。相反，如果干部员工无所作为、无动于衷，会议精神的贯彻落实就是失败的。

"结合"的文章做得好不好，更要看本单位本部门的重点和难点问题是不是得到突破。这就要求我们必须把会议精神与中心工作紧密结合，在贯彻会议精神的过程中，集中精力寻求攻坚克难的办法，不断地在重点和难点问题上取得突破。如果几个月下来难题没解决、"瓶颈"没突破，"会议精神得到了贯彻落实"这样的话恐怕无论如何也是羞于说出口的。

做好"结合"的文章需要吃透"两头"：既要吃透"上头"——掌握会议的精神，包括华电集团和华电国际公司工作会议精神，又要吃透"下头"——掌握本单位的具体情况，找准结合点，并在此基础上开展深入细致、卓有成效的工作。这是搞好结合的基础，也是唯一的正确途径。如果仅仅是"从会议中来到会议中去""从文件中来到文件中去"，那么，贯彻会议精神的效果充其量也就是"雨过地皮湿"。

"结合"的文章是篇"大文章"，值得花大功夫，下大力气！

既要有大思路，更要有硬措施

——学习贯彻华电集团安徽分公司2013年工作会议精神系列评论之四

随着学习贯彻华电安徽分公司2013年工作会议精神的深入与华电安徽分公司"1158"工作思路的出台，特别是各单位职代会的召开，各单位相继亮出2013年如何开展工作的大思路。但是，要想使我们新一年的工作完成得更好，我们既要有大思路，也要有与之配套、切实可行的硬措施。

没有思路就没有发展，偶有发展也是盲目的发展，无序的发展，难以持续发展。好的思路是理论联系实际的结晶，是集体智慧的结晶，是引领企业、指导工作的抓手。好的思路来之不易，如何贯彻好思路是必须要认真研究、严肃对待的问题。思路是思想、是规划，而措施是方法、是工具。思路是战略性的，措施是战术性的。如果没有相应的措施作保障，再好的思路也会泡汤，再好的思路也只能是"水中月""镜中花"，再好的思路也会在一片"落实"声中落空。

思路决定出路。我认为这话只对了一半，或者说只具备了一个好的开端。只有措施到位、措施对路，才能真正有出路。

我们常讲，既要善于出题目，更要善于做文章，而制定措施实际上就是做文章。有的同志不愿意去研究和制定措施，说得严重一点，这是眼高手低、好高骛远的表现。就像思路不是写给别人看的，措施更不是摆设，应该求"硬"、求"实"、求"准"、求"管用"。

让我们一起赞美大思路，呼唤硬措施。

迎检

——华电集团公司星级企业创建检查工作系列点评之一

　　佳木斯发电厂是我们开展华电集团星级企业创建检查工作的第一站。此前我没有主持过星级企业的查评工作，对检查的节奏把控得不是很好，离原定的结束检查时间只剩两个小时的时候，还有"管理创新""党建与社会责任"两个单元的内容没有检查。为了提高效率，我有意地加快了检查的节奏，原以为迎检的企划部门和党群部门的同志会很乐意，很配合——尽可能粗枝大叶、大而化之地应付接下来的检查。然而，他们丝毫没有应付的意思，而是严格按照先前的准备，逐条出示迎检资料、解释材料形成的背景、介绍工作开展的情况以及活动的反响和成效，除了出具必需的材料，还拿出了许多佐证的材料。比如，查到合理化建议开展情况的时候，他们不但出具了活动通知、评奖通知、合理化建议登记汇总表，而且还拿出网站的截图、主要领导出席评奖会的照片以及领导在相应会议上对合理化建议活动本身的评价。看得出来，他们根本不怕检查。

　　同样是迎检，有的单位却匆匆忙忙、慌慌张张，视迎检为"闯关"，一边补资料、造记录，尽可能让检查组的人员按照他们设计的线路检查，一边在接待环节大做文章，试图以此"应付"迎检活动。两种迎检方式形成了鲜明的对比。

　　检查是推动工作的重要手段。星级企业创建工作的查评更是这个道理。某项工作或者某个阶段的工作之所以需要通过检查来推动，说明该工作是有一定的重要性、复杂性和挑战性的。既然如此，那就不是靠突击、造假、应付就能够很好地完成的，如果平时没有出力，迎检的时候必定会"出汗"。要避免这样的尴尬，首先要调整好心态，努力变被动迎检为主动迎检，变"评时"迎检为"平时"迎检，变迎检为考验，变迎检为抓手。其次要厘清思路，在接受任务时便给予重视，该分解的分解，该攻关的攻关，该奖惩的奖惩，该交流的交流，该总结的总结。如此，困难便不再是困难，压力也不再是压力，挑战也完全可以成为机遇。哪有需要慌忙应对的检查？

检查也是发现和培养典型的过程。只要工作真的做得好，那就根本不存在怕检查的问题，而是怕检查组不来、怕检查组查得不细的问题了。因为，通过领导和专家的检查，一来可以促进工作水平的提升，二来则可以借此机会汇报和展示工作成果，扩大工作影响，推广宣传自己的工作经验，三来还可以使本单位通过接受检查在评比中脱颖而出。

佳木斯发电厂扎实的迎检工作证明了这样一个道理：平时工作到位，肯定不怕"迎检"。

裕华的管理创新
——华电集团公司星级企业创建检查工作系列点评之二

创新是活力之源。有的单位之所以死水一潭、活力难现，实际上就是因为企业管理缺少创新。河北裕华热电公司大力推进管理创新，积极践行管理创新的做法具有重要的示范意义。

第一，他们赋予"创新"以全新的意义。创新就是革新、就是改革、就是改造。他们认为技术创造是创新，设备改造是创新，制度完善和管理革新也是创新，从而使得创新不再空洞抽象、不再无处下手，也使得人人创新、处处创新成为可能。在裕华公司，我们能够深切感受到一种"人人乐于创新、人人投身创新、人人服务创新"的氛围。

第二，他们寓创新于工作实践之中，而不是为创新而创新。比如该公司工会就"7S管理"推进工作开展了"小改革、小创意、小建议"专项征集工作，员工响应积极，成效显著。

第三，他们把管理创新与绩效考核相结合。他们规定，每个部门每年都要完成至少两项的管理创新，从而把创新工作任务化、具体化、责任化。这不但为管理创新的实施营造了良好氛围，也为创新工作成果化提供了坚实的机制保障。

第四，裕华热电鼓励创新，包容失败。他们提出"鼓励创新，不怕失败"的口号，允许在创新中交学费，不允许在创新面前裹足不前。

我现在更加明白，为什么该公司能够在2年多的时间里就实现了那么大幅度的利润提升，我终于明白他们为什么能够在上级公司组织的科技进步、管理创新竞赛中摘金夺银，我也终于明白了他们为什么对创新工作乐此不疲、津津乐道。

裕华公司创新实践可以说得上是华电创新的一个缩影。创新是一个民族的希望，自然也是一个企业的希望，创新工作永远在路上。

意见诚可贵，建议价更高

——华电集团公司星级企业创建检查工作系列点评之三

　　在参加华电集团公司星级企业创建工作查评过程中发现，合理化建议渠道畅通的单位，往往员工就敢于提出意见，而牢骚也就相对较少。金山丹东热电有限公司和石家庄裕华热电有限公司在合理化建议工作这方面做得尤为突出。

　　金山丹东热电有限公司和石家庄裕华热电有限公司鼓励员工提出意见，每季度专门奖励提出合理化建议的员工。这样的做法既强化了企业民主管理的氛围，拓宽了言路，又有效遏制了某些牢骚。因为越是言路不通，牢骚就越多。

　　平心而论，常说意见难得，这一方面是因为个别领导不鼓励提意见，认为提了意见就是给他难堪；另一方面则是提意见的人怕领导给"小鞋"穿，因此多一事不如少一事。久而久之，言路越来越窄，牢骚和问题就越来越多。所以，敢于提意见的人值得学习，但是善于提建议的人更值得赞赏。

　　其实，意见与建议的目的是一致的，只是侧重点不同，意见重在指出问题"是什么"，建议则重在应该"怎么办"。比较而言，建议实际上是在意见基础上的进一步思考，更容易让别人接受。另外，建议比意见更有建设性，建议不但发现了问题，而且拿出了对策。在事不关己高高挂起、人云亦云的大环境下，能提意见，实属难能可贵。如果说敢于提意见在某种程度上需要一定胆量的话，那么善于提建议考验的则是智慧。但是，我觉得意见也好，建议也罢，我们终究是为了推动问题的解决，促进工作的开展。如果能够讲究方式方法，把意见变成建议，也许效果会更好。

意见诚可贵，建议价更高。希望有更多提意见的人，希望有更多提建议的人，也希望有更多的单位像金山丹东热电有限公司和石家庄裕华热电有限公司那样重视员工合理化建议方面的工作。

质量控制小组活动不可"流程再造"

——华电集团公司星级企业创建检查工作系列点评之四

华电新疆昌吉热电有限公司是昌吉市的支柱性企业，是2014年新申请验收的12家华电集团公司五星级企业之一。通过检查发现，这是一家非常注重基础管理、非常注重企业文化的企业，是一家善于从大处着眼、小处着手，重长远、不浮躁的企业。这从该公司格外注重质量控制小组活动的开展就可以看得出来。

检查发现，华电新疆昌吉热电有限公司的质量控制小组活动有四个突出特点。一是覆盖面广，覆盖了全公司各班组，而且绝大多数班组注册登记质量控制小组2个以上。二是基础资料详实齐全，可靠性强，且进入了多业务平台。三是项目随时登记注册，与生产经营工作紧密结合，不是被当成硬性任务被动地来完成。四是获奖项目多，对企业的生产经营工作促进效果明显。仅2014年就有四项质量控制小组成果先后获得新疆维吾尔自治区、昌吉市的表彰奖励。他们随时根据工作需要注册登记质量控制小组的做法，反映了该企业对质量控制小组活动的重视。

相比之下，不少单位把质量控制小组活动做成了"装点门面"的东西，或者是因为集团公司有要求而不得不做的工作，或者是凑合应付检查的工作。说他们没有开展质量控制小组活动吧，可他们往往下了通知，也做了安排；说他们做了这方面的工作吧，却又看不到相关的支撑材料，成果更是摆不上台面；更有甚者为了应付检查，根据技改或者其他方面工作取得的成果，实施"倒逼机制"，进行登记注册、分析研究，其相关记录也都是闭门造车。这样做的最终结果也许能够通过验收，但是严重地损害了质量控制小组的声誉和影响，既劳民又伤财，自然也会造成员工的不满。

质量控制小组活动是一项被实践证明的非常有效的管理手段，有其内在规律性，特别是其流程设计格外讲究。如果不能合理安排相关流程和工作，就很难取得预期效果。如果像某些单位那样"倒逼"，就失去了本该有的意义。退一步说，如果在质量控制小组活动之初，为了使之尽快普及，安排极个别这样"倒逼"的项目或许可以理解，但是绝不应该成为常态。

当然，任何管理手段都需要不断改进和完善，质量控制小组活动也是如此，绝不可以从"流程"上进行所谓的"再造"。另外，企业所有的成果也不是都来自质量控制小组。质量控制小组是企业管理的重要平台，却不是唯一平台，它不可能包办一切。如果那样，肆意"再造"就无异于"乱造"，此质量控制小组也就不是本来意义上的质量控制小组了。

"吐电"不土

——华电集团公司星级企业创建检查工作系列点评之五

在此次的华电集团公司星级企业创建检查评工作中，并不是所有的受检单位都会给人一种眼前一亮的感觉，而位于大漠戈壁的华电新疆吐鲁番发电公司（简称"吐电"）就着实让我眼前一亮，或者说惊喜不已。在"吐电"星级企业创建反馈会上，我便送给与会的"吐电"员工一副对联。上联：海拔低水平不低；下联：容量小贡献不小；横批："吐电"不土。

第一，"吐电"的企业文化不土。以"大漠戈壁，精彩人生"为核心的"吐电"文化经过十年的发展和提炼，不但不土而且越发生机勃勃、特色鲜明。该公司关于企业文化的宣传也格外到位，位于该单位行政楼四层的企业文化展室颇具规模，展出面积在华电系统稳居前列。其所展示的企业文化不仅内容丰富，而且采用高科技打造展示区域，让人耳目一新，难以忘怀。

第二，"吐电"人的观念不土。"吐电"人学习观念很新，学习氛围浓厚，大家珍惜每次学习机会，定期开展学习交流活动。"吐电"人竞争观念很强，岗位竞争已经常态化。据查，2014年劳资统计岗位竞争的时候，有18人参与竞争。"吐电"人团结相处的观念很深，各民族和谐相处，亲如一家，其乐融融。

第三，"吐电"的工作业绩不土。这方面的例子特别多，比如，他们在政工系统建立了"吐电"党建QQ群，在班组长范围内建立了微信群，方便了工作联系，提高了工作效率。他们创新培训载体，由值长、班长在微信群发布"每日一题"，在一问一答过程中提升了新人业务水平。他们创新党建工作形式，着力打造"微品牌"，包括"微党课"提素质、"微故事"树榜样、"微服务"树形象、"微平台"提效率等。他们创新班组管理模式，利用"二维活码"对设备状态进行及时跟踪，达到了提前告知设备使用寿命、迅速查找备品备件、现场指导操作步骤的目的。他们在密切干群联系上有新招，每年都安排多个场次的公司领导与员工的对话座谈。

截至目前，该公司已经有2个班组荣获"全国工人先锋号"称号，1个班组荣获"全国安康杯优胜班组"称号，1个班组荣获"中央企业五四红旗班组"称号。我们有理由相信，不土的"吐电"定会迎来辉煌的明天。

感悟星级企业创建工作

——华电集团公司星级企业创建检查工作系列点评之六

2014年度集团公司星级企业创建工作查评工作结束了。但是，我对星级企业创建工作的思考还在继续，尤其是以下几个方面。

第一，星级企业创建工作要成为系统各单位全部员工的自觉行动。星级企业创建工作的过程本身就是强化企业管理、夯实管理基础的过程。它是"抓手"、是"工具"、是平台，是一个不需要"另起炉灶"就可以规范管理的管理体系。星级企业创建工作是打造品牌、促进管理提升的需要，是与国际接轨、向先进看齐的需要。星级企业创建工作不是上级安排的任务，而应该是大家的自觉行动。要善于运用好这一"工具"，推动工作、落实工作，绝对不可以把星级企业创建工作当成负担和包袱。

第二，星级企业创建工作要成为贯穿企业管理全过程的重点工作。星级企业创建工作是一个系统工程，包含企业管理的方方面面。要高度重视星级企业创建工作，要站在一定的高度看待星级企业创建工作。各单位务必把星级企业创建工作融入企业管理的全过程之中，万不可到年底星级企业创建工作检查的时候才突击进行"抢救性"工作。任何临时抱佛脚的行为，都是对星级企业创建工作的曲解。个别单位不把功夫下在平时，而是到"评时"下功夫，是不可能取得理想效果的。因为，再高明的造假者都难免留下蛛丝马迹，造假是难以蒙混过关的，更是得不了高分的。

第三，星级企业创建工作要融入企业各项具体工作中。我们的各项工作都应该体现星级企业创建工作的要求，体现星级企业创建工作的思路，体现星级企业创建工作的标准。绝对不应该把星级企业创建工作与日常工作搞成"两张皮"。任何一项工作，都要用星级企业创建工作的标准去开展，切实把日常工作的重点做成星级企业创建工作的亮点。

第四，星级企业创建工作需要企业员工的共同努力。星级企业创建是"功在华电、利在员工"的工作，需要大家的共同努力和积极参与。如果哪家企业把星级企业创建工作当成某个部门或者某几个部门的事情，或把星级企业创建工作仅仅当成管理人员或者中层以上干部的事情，其星级企业创建之路将遥遥无期。

第五，星级企业创建工作宜"争"不宜"保"。随着经营形势的利好，基层企业大面积盈利，符合华电集团公司五星标准的企业也越来越多，星级企业创建的竞争越发激烈。在星级企业创建工作的过程中，"比要求更高、比标准更严、比一流更优"正成为系统各单位的自觉追求。百舸争流，不进则退。任何企业都没有"保"的资本和条件，只有持续地、不松懈地"争"，才能有希望在竞争中获胜。如果"保"字当头，时刻抱着"保"的心态，那牌子上的"星"必将越来越少。

工作体悟

风景这边甚好
——学习贯彻华电集团安徽分公司2016年工作会议精神系列评论之一

2016年1月26日召开的华电集团安徽分公司2016年工作会议，是在分公司转型升级和可持续发展进入新阶段，谋划"十三五"新开局的重要时刻召开的一次重要会议。本次会议着重介绍了华电集团安徽分公司在2015年的工作完成情况。

2015年华电集团安徽分公司在经济效益上实现利润17.32亿元，利润总额和增幅创成立以来最好水平；综合供电煤耗289.61克/千瓦时，为华电集团总公司唯一低于290克/千瓦时的区域公司；区域全年累计完成发电量183.67亿千瓦时，为分公司成立以来最高水平；单位千瓦盈利能力412.95元/千瓦，在区域五大电力集团中名列第一。在安全生产方面，安徽分公司区域安全生产创历史最高水平。在经营管理方面，安徽分公司年度长协煤在省内率先实现全部市场化运作，缩小长协煤与市场煤标煤单价差66元/吨。在改革创新方面，实现了"7S管理"百分之百全覆盖，品牌建设走在了集团公司前列。在业务能力上，分公司在各类技能大赛中屡创佳绩。

2015年华电集团安徽各市公司的工作也是硕果累累。例如，宿州公司为华电国际系统"零非停"时间最长的单位，实现锅炉四管"零泄漏"；芜湖公司率先开工建设了五大集团在皖首台百万千瓦机组，并连续4年保持锅炉四管"零泄漏"；六安公司累计实现安全生产10周年，被命名为"全国安全文化建设示范企业"……

2015年，安徽区域上下积极应对新变化，安全生产、项目发展、经济效益和指标水平这四项指标实现了历史最好，为华电集团安徽分公司第一个十年发展画上了圆满的句号，与会代表不禁油然而生"风景这边甚好"的自豪感。

打好基础很重要

——学习贯彻华电集团安徽分公司2016年工作会议精神系列评论之二

2016年工作会议上，某职工代表说了这样一个故事：两人在树林中急切地赶路，突然从树林里跑出一头大黑熊来，其中的一个人忙着把鞋带系好，另一个人对他说："你把鞋带系好有什么用，我们反正跑不过熊啊。"忙着系鞋带的人说："我不是要跑得快过熊，我是要跑得快过你。"这个故事形象地解释了相对竞争力的含义，更深层次揭示了基础工作是何等重要。

"系鞋带"当然会耗费时间。但是，鞋子松松垮垮肯定影响奔跑的效率，一旦被自己或者别人踩到松开了的鞋带，可能会栽大跟头甚至摔伤。如果鞋带系不紧，自己很可能就是这轮竞争中最早的出局者。

我们都知道"磨刀不误砍柴工"的道理。可是，仍旧有很多人不在"磨刀"的环节下功夫。该"磨刀"的时候，他们往往只是做做样子，象征性地表示一下而已，似乎刀是给别人磨的，更没有研究自己的这把刀究竟存在什么问题，应该用什么方法磨才最有效，以及如何让自己的刀保持持久的锋利。这说到底还是不重视基础工作的问题，没有摆正"充电"与"收获"的关系。

做企业当然要描绘宏伟蓝图。但是，任何愿景都要结合实际，都要脚踏实地，都要以扎实的基础为前提，不然那就是镜中花、水中月。企业是这样，企业的每个部门是这样，部门的每个人也是这样。打基础是企业的事情，是长期的事情，更是全员的事情。就像要把鞋带系紧一样，每个人都面临打好基础、强壮筋骨的问题和任务。打基础不仅仅是任务，更是员工内在的自觉需求。凡事要不断地着眼于基础、用功于基础。因为实践证明，要提升自己的相对竞争力，就要老老实实、认认真真夯实基础，打好根基。正如"木桶理论"所说的，木桶盛水量的多少取决于最短的那块木条。

有的干部不习惯也不善于抓基础工作，一味盯着效益等个别显性指标，摆不正"求实"与"求胜"的关系。到头来，忙忙碌碌、辛辛苦苦，未必有好的回报。我们的每个基层企业，我们的每个员工，都要高举"强基"的旗帜，时刻强化"系鞋带"的意识，提升素质，消除隐患，保持良好竞技状态，为更好地推进"五化管理"、打造"四个示范"，建设一流绿色能源基地努力奋斗。

务必养成自觉接受监督的习惯

——学习贯彻华电集团安徽分公司2016年工作会议精神系列评论之三

看到上面的这个题目，或许有人觉得像是在喊口号。其实不然，这是企业的国有性质决定的。我们是央企，从事的是现代化大生产，监督与被监督正成为常态。

作为任何一级管理者，不论你喜欢不喜欢、习惯不习惯，管理行为的被监督都无时不在、无处不在。只是有的监督行为的表现形式有差异，监督对象有侧重或者说监督的主体不同而已。有的监督行为是常规的、经常性的、相对显性的，如组织监督、上级例行性工作检查、财税检查等；而有的监督行为则是针对性的、阶段性的，如领导干部离任审计、效能监察等；还有的监督则是来自社会的监督，如媒体及舆论的监督等。

对待监督，我们要克服几个误区。其一，监督不是不信任，任何一项监督工作的开展都不是以发现问题为主要目的，所有的监督工作都是企业规范管理的需要，是优化基本流程和程序的需要。实施监督的过程本身就是企业管理的一部分。其二，监督不是添乱，从某种程度上讲，监督不但不是添乱，而且监督的本身就是服务，是在为企业"把诊号脉"，是在为企业发展出主意、想办法，是在督促管理工作整改完善，是在堵塞管理漏洞，是在补齐管理的"短板"。其三，监督不是"找茬"，监督工作讲究对事不对人，监督的过程根本不是跟谁过不去，而是针对问题提出建议。

管理者特别是主要领导人员要积极支持监督工作并自觉接受监督，这是做好监督工作的关键。监督力度的大小，取决于管理者支持力度的强弱。监督工作者履行职责，必须得到单位主要管理者的大力支持，否则，履行监督职责将要大打折扣。个别的同事遇到监督工作，不是自觉配合，而是顶、躲、磨，或者造假、敷衍，这就是缺少积极配合态度的体现。能否自觉接受监督不但是习惯和作风问题，也是能力、素质和胸怀的问题，还是对自己分管的工作自不自信的问题。为此，各级管理人员要理解监督，切实认识到监督的重要性；要支持监督，切实做好监督过程中的配合和协作，提高监督实效。

　　今后的工作中不是你乐意不乐意接受监督的问题，而是能不能自觉接受监督、能不能习惯接受监督的问题。与其被动消极地应对监督，不如自觉自愿地接受监督。

这样的"学习"很值得学习

——"内蒙古华电辉腾锡勒风力发电有限公司多措并举，强化学习型党组织建设"评析

　　开展学习型党组织创建活动，是华电集团系统各级党组织面临的一项严肃而艰巨的任务，是一项复杂的系统工程。"为什么学""学什么""怎么学"的问题，是任何单位在开展学习型党组织创建活动过程中都绕不开、躲不过的问题，更是欲取得突破却倍感困难的问题。从这层意义上讲，内蒙古华电辉腾锡勒风力发电有限公司多措并举，强化学习型党组织建设这个典型案例，可以说发人深思。

　　我们不难发现，同样是倡导学习，同样是开展学习型党组织创建活动，有的单位有声有色、成效斐然，而有的单位却"雷声大、雨点小"；有的单位已经"开花结果"，而有的单位仅仅"雨过地皮湿"。究其原因，不是他们不知道"为什么学"，也不是不知道该"学什么"，而是没有很好地解决"怎么学"的问题。事实上，"为什么学"的问题没有什么深不可测，作为职业人，个中的道理本来就该不言自明。"学什么"的问题因为各有所需，所以各有不同，各单位应该清楚自己"缺什么"或者该"补什么"。内蒙古华电辉腾锡勒风力发电有限公司多措并举，强化学习型党组织建设的案例恰恰在解决"怎么学"的问题上进行了有益的探索，为华电系统内其他公司提供了可以借鉴的经验。

　　内蒙古华电辉腾锡勒风力发电有限公司把学习型党组织建设不是当口号喊，而是当事业做，特别是他们提炼和总结的"六个结合"——有虚有

实，有硬有软；有传统的，有现代的；有制度层面的东西，有操作层面的内容；有关于领导的义务的，有关于员工的责任的。为打造和提升学习力，深化学习型党组织建设活动，该公司的班子成员开设了区别于"员工大课堂"的"领导大讲坛"，从总经理到班子的其他成员都按事先制订的教学计划登台授课，干部职工这种身体力行、言传身教的行为，令人敬佩。他们充分发挥了网络的优势，实现了上网学习和传统的读书学习的互补。不仅如此，他们格外注重过程控制的问题，加大了对学习过程的跟踪考核，而不是只布置不检查。尤其值得一提的是，他们紧密结合工作实际，把工作中的难题当作学习的课题、攻关的课题，通过艰苦的学习和攻关，不但学到了知识、解决了问题、锻炼了队伍、提升了素质，而且拿到了包括中国电力建设协会的质量控制小组成果二等奖在内的一系列奖项。这既是对"工作学习化、学习工作化"作出的深刻诠释，也是对集团公司党组一贯倡导的"围绕中心、服务大局、进入管理、发挥作用"的最好响应。

内蒙古华电辉腾锡勒风力发电有限公司是集团公司最大的风电公司，也是一家年轻的公司。该公司成立不久，却创造了一系列惊人的业绩：这家目前仅有140余人的企业，在短短几年里已经输出各类人才54人；从二星级发电企业一跃成为集团公司的四星级发电企业；2011年该公司2号库伦200Mw风电场工程获得"国家优质工程奖"；2011年的前十个月该公司已经实现利润5000多万元，再创历史新高。如此年轻的公司为何能创造如此辉煌的业绩？这从该公司持续提升员工学习力、深入开展学习型党组织创建活动的不懈实践中，我们就能够寻找到部分答案，那就是：一个勤于学习、善于学习的企业肯定是一个朝气蓬勃、充满活力的企业，是一个勇于超越既往、勇于开创未来的企业。

学习型党组织建设是一项长期的任务，不可能一蹴而就、一劳永逸。"怎么学"的问题既是方法问题，也是能力问题。在开展学习型党组织创建活动过程中，各单位的情况不同，面临的问题不同，但是其实质是相通的。"他山之石，可以攻玉"，真诚地希望更多的同志能够从内蒙古华电辉腾锡勒风力发电有限公司学习型党组织建设中得到一些启发和感悟。

这道加法题做得好

——"华电国际十里泉发电厂'1+X'党群帮联模式集聚企业发展合力"评析

为激发职工逆境创业的激情和活力,华电国际十里泉发电厂党委立足于企业实际,创新推出"1+X"党群帮联活动,使企业上下呈现出心齐、风正、气顺的良好势头。

"1+X"党群帮联模式中,"1"代表着一名党员,"X"代表着人数不等的职工群众。实施"1+X"党群帮联模式,就是按照党的全心全意为人民服务的宗旨的要求,立足企业全体党员和群众实际,由每一名党员分别与若干名群众之间以结对子的形式,确立联系和帮带关系,并代表党组织为职工群众提供服务和帮助,以达到密切党同群众的联系、畅通群众表达渠道、解决群众生产生活实际问题的目的。这一模式的实施,最大限度地发挥了基层党组织的工作合力,进一步密切了党群干群之间的关系,推动了企业转型期间职工群众最现实、最关心、最直接问题的及时发现和有效解决,进一步增强了职工群众对企业的归属感,提振了对企业未来发展的信心,为推进企业和谐健康发展营造了氛围、集聚了力量。

严格地讲,"党群帮联"也好,"党群帮扶"也罢,"1+1"也好,"1+X"也罢,这种党员联系群众的工作模式不是十里泉电厂的首创。在这里为十里泉的这种做法叫好,有以下几个原因:

第一,"破题"的时机选择得好。密切联系群众是我们党的宗旨决定的。联系群众、维护大局、促进和谐，党组织和党员责无旁贷。联系群众的方法和渠道多种多样，他们选择在机组关停之后人心浮动的时刻，以"1+X"的形式进行帮联，使党组织和党员的作用在关键时刻得到了较好的发挥，符合厂情。

第二，后续工作做得深入细致。近年来，不少的单位也陆续探索出了不少好的党群工作方法，之所以没有最终形成亮点，多半是因为破题之后没有一以贯之地抓下去，有的雷声大而雨点小，有的前紧后松、不了了之，有的只图个开场时的"轰动效应"便再无下文。该厂在推行"1+X"党群帮联模式的过程中，为了防止这类虎头蛇尾的现象，量身定做了"一帮三联五到位"的工作内容："一帮"即党员帮带群众；"三联"即思想联带、工作联动、生活联助；"五到位"即帮联关系到位、联系沟通到位、服务带动到位、情况反馈到位、问题解决到位。从而，赋予"1+X"党群帮联以实际内容。他们还要求广大党员自觉充当政治辅导员、业务培训员、信息传递员，这些具体的措施大大增强了广大党员的责任感和荣誉感。

第三，善于总结提炼，注重机制研究。以党群帮联为基础，通过与职工思想动态分析、技术培训、送温暖等工作的有序衔接，建立起党群帮联保障机制。每名党员每半个月将所联系职工的思想动态、家庭工作情况以及对存在问题的处理建议等，以反馈表的形式汇报所在党小组；党小组综合存在的问题及处理建议后，提报给所在党支部；党支部根据上报内容并综合其他渠道了解情况，对反馈问题和党员建议进行讨论研究，提出处理意见，明确责任主体和完成时限，内部能够解决的就地解决，需厂里协调解决的向上呈报，无法解决的也对前因后果等给予详细说明，同时将处理情况进行上传下达；厂里对征集上来的情况进行进一步梳理归纳，需厂里解决的及时研究处理，并及时反馈和公开处理结果。同时，对帮联工作中涌现的好的做法和经验予以推广，从而实现了党员群众帮联活动的闭环。

　　当然，为这个案例叫好，还因为这个案例实施起来并不难，便于复制和异地再造。我们希望十里泉电厂"党群帮联"这道题不断总结、越做越好，也希望公司系统所有的党组织都能认真地对待这道做不完的却可以给党组织持续加分的题。

生活感悟

用心工作

　　用心工作的重要性和必要性，各级领导都讲过很多次，但是仍然有些同志或拖拖沓沓、慢慢腾腾，不讲效率；或心不在焉、丢三落四，不求上进；或自作聪明、作风浮躁，不脚踏实地；或我行我素、推一推动一动，不积极主动。这些行为既严重地影响了工作效率和企业形象，也与用心工作的要求格格不入。

　　当前，我们面临的形势相当严峻，我们肩负的责任十分艰巨。我们心无旁骛地工作尚且不一定能够圆满完成任务，如果三心二意、不尽心尽责，其结果可想而知。是用心工作还是不用心工作，差别很大。用心工作才能克服困难，创造工作的高效率；用心工作才能精益求精，保持工作的高质量；用心工作才能尽快提升个人素质，促使自己不断进步。为什么工作中本来起点不相上下的人在三五年后差别会很大？原因当然是多方面的，但是用没用心是很关键的一点。有的同志也用心了，但是没有把心用在工作上，而是把大部分心思用来琢磨人、投机钻营上了。他们想方设法地投机取巧，挖空心思地耍奸抹滑，就是不乐意脚踏实地地工作。

　　用心工作，要心无旁骛，要聚精会神，要专心致志，要耐得住寂寞，甚至还要有"板凳要坐十年冷"的意志。如果浅尝辄止，必然半途而废。用心工作还应该包括用心地改正错误。用心工作不是不允许犯错误，关键是我们应该如何对待错误，如何尽快改正错误，减少错误造成的损失和影响。如果不能用心地改正错误，不深刻总结教训，必然陷入"错了再改，改了再犯"的怪圈。

用心工作是对一个员工基本的、起码的要求，小而言之，是工作态度的问题，大而言之，是职业道德的问题。用心工作是事业的需要，是工作的需要，是个人成长进步的需要。这就要求我们务必想干事、会干事、敢干事、干成事，充满激情、创造性地开展工作。

作为一家企业，用心工作的关键之一是领导干部要用心。用心工作的领导才能带出用心工作的属下，也才能带出用心工作的团队。要是经常有布置没检查，雷声大雨点小，有章不循、有错不究，用心工作的氛围是没法形成的。

世上无难事，只怕有心人。真的希望用心工作这样的问题不要再被反复提及。

"算计"与"业绩"

俗话说："吃不穷，喝不穷，算计不到就会穷。"会不会"算计"，关键看领导。一个村，村党委书记要会算计；一个区，区书记要会算计；一个市，市委书记要会算计。会算计才能出业绩。

只有领导会算计、懂经营、善管理，才能带出一个效益意识浓、竞争观念强、少花钱多办事、不花钱也能办成事的好风气，反之，则很有可能养成铺张浪费的坏习惯。

但是"算计"也有几个禁忌：一是领导自己不认真算计，将任务推给别人。二是把坑蒙拐骗当算计，不讲信用，耍"小聪明"。三是把吝啬当算计，不明白该投资时就要花钱的道理。四是目光短浅，小富即安，小成即满，算计出一点儿成绩，便心满意足，从此便不再算计。五是只为自己算计完全不顾及他人，不懂得双赢才是真赢、双赢才能多赢的道理。

业绩是干出来的，也是算出来的。会算计，业绩会持续递增、不断攀升；不会算计，已有的业绩也难以保持。

服务环节的"最后一公里"不是小问题

辛辛苦苦学了3个多月的驾驶，终于等到拿驾照的那天，但当我按照通知的时间到驾校取驾照的时候，却被告知此前所交的照片有一张已经缺损，必须补交照片一张才可以拿到驾照。可是，驾校明明有我的联系方式，为什么不在我去取驾照之前通知我？这样省得我白跑一趟。过了两天，我去补交照片，驾校却又说不用补照片了，而且直接给了我驾照。那一刻，我一点儿兴奋感也没有，不需要再交照片，为什么也不提前通知我一声？这样省得我再拍一次照片。

驾校的设施很好，常规的服务也做得不差，上面的细节却影响了驾校的形象，驾校曾经在我心中存留的好感也大大打了折扣。驾校大院里，"一切为了学员"之类的标语不少，但是真正落实到位的又有多少？

上周我接受某国企的服务，也有类似的问题。起初承诺过三天之内有专业人员与我联系。可是，到了第五天也没有服务人员联系我。后来好不容易联系我了，并承诺会立即帮我解决问题，却又从上午拖到下午，从下午拖到晚上，而且其间在每次无法如约而至时，都没有提前通知我。我理解他们业务繁忙，但是，总不该连我发的手机短信也不回复吧。你不能如约而至，总要提前告知我吧？

其实，学员也好、顾客也罢，没有多少过分要求。他们只要求给予基本的尊重，或者提供适当的方便。而很多的情况下，被服务方的所谓需要对服务方来说，仅仅是举手之劳的事情。可是就是这举手之劳的"最后一公里"，拉开了服务方与被服务方之间的距离。

如今，人与人之间的联系越来越紧密。今天作为服务的一方，明天就可能成为其他环节的被服务方。人人都应该学会换位思考，多设身处地为别人着想，多为别人行方便实际上也是为自己行方便。切莫让服务环节的"最后一公里"拉开了人与人之间的距离。

由不热的馒头和烫手的茶壶想到的

　　笔者居住的小区旁有个菜场，菜场的一角有个馒头摊儿。馒头摊儿不大，生意特好，高峰时段摊主经常忙得应接不暇。有天下午，我下班迟了一些，去买馒头的时候，老板很认真地告诉我："这会儿馒头已经不热了。"我当时就觉得这个老板诚实可信，我没有问馒头热不热的问题，他却主动告诉我馒头已经变凉。馒头虽然凉了，但是我的心却觉得热乎乎的。

　　由此我想到了于丹教授前不久在一档节目中讲到的一段经历。她说，有一次她在台北街头闲逛，发现一个瓷器店里琳琅满目，很有特色，便进去挑了一套茶具。店里的小伙计20岁出头的样子，对瓷器颇有研究，对她挑选的茶具更是如数家珍，不但说了它的产地，也讲了上边的绘画技艺如何精妙，还讲了制作者的背景以及该产品获得的奖项。末了，小伙计很认真地告诉她，如果用来泡茶，这个茶壶的把儿会很烫手，所以这件东西适合作摆设，不适合泡茶。于丹觉得很是可惜，就又挑选了件很有特色的茶洗。小伙计却指着落款说："这不是本地的产品，浙江一带有很多这类东西。"此言让于丹教授很惊讶。她问小伙计："你如此推销，不是影响你的生意吗？"小伙计不紧不慢地说："你是没有问我茶壶是不是烫手，但是，这个烫手的茶壶一旦烫了你的手，你就会骂我；你虽然没有问我浙江一带是不是产这类东西，但是，你一旦发现从台湾带回去的东西大陆也有很多，肯定心生怨气，今后也不会再来我的店里买东西了。"寥寥数语，句句在理。于丹教授在那个店里的二十几分钟里，那小伙计先后迎来送走了好几拨客人，尽管多半人没有在店里消费，但他仍旧乐呵呵的。

时下，有些卖主恨不能口吐莲花，把自己的商品夸得无可挑剔，想方设法让顾客不但心动，而且付诸行动。他们把大把大把的时间和精力用在了推销环节上，用在包装上，极尽炒作之事，不择手段地夸大商品的价值。他们崇尚"挣钱才是硬道理"，弄虚作假，夸大宣传，无中生有，根本就没有诚信意识，还美其名曰营销。这样的做法也许在短时间内有收效，却难以持久。遗憾的是，不少人在痛恨和谴责那些"掉进了钱眼里"的人的同时，却也变本加厉地如法炮制，自己既是受害者，又成了害人者，成了另外一些人谴责的对象。诚信的缺失也就成了社会的顽疾，以至于人们买任何东西都担心上当受骗，那种提心吊胆的心情几乎人人都有过。虽说"防人之心不可无"，但是，如果人人皆无害人之心，我们又何必人心惶惶？

那个卖馒头的老板也好，那个卖茶壶的伙计也罢，他们在营销方面也许没有多么高深的研究，但是他们以诚待客的理念是很值得称道的。我们应该在"打假"的同时，多宣传我们身边的那些诚实守信经营的典型。

生活感悟

好骡子千万别卖个驴价钱

一次在合肥参加一个会议时，我无意间问邻座的参会者认不认识在他们单位工作的我的一位朋友某某某，没有想到他答道："当然认识，他好酒，几杯酒下肚，就不是他了。"他的回答让我瞠目结舌。哪有这样评价人的啊？且不说他的评价是否客观，他这说话的效果就不太好。第一，他犯了背后不宜议论别人的错误，他在说人家闲话的同时，也降低了自己的格调；第二，他答非所问，我也没有问某某某是否能喝酒的问题；第三，没有把握好谈话的分寸，虽然邻座，但我与他根本不熟，而且还是他评价的那个人的朋友。这不禁让我想到一句俗语"好骡子卖了个驴价钱——坏就坏在嘴上"。话粗理不粗，这话的意思是某某人本来有很多的优点，就是说话的水平不高——言语方面的"短板"给他的工作或前程带来了局限。

在我们的生活工作中有许多这样的人存在。他们因为言语不当或者不善言辞而费了周折、走了弯路，甚至得罪了别人。这样的例子不胜枚举，有的人该去沟通的时候没有去做沟通的工作，造成了误解；有的人不该多言的时候却说了不少，画蛇添足；有的人不注意表达的分寸，该严肃的时候不够严肃，不该严肃的时候过于严肃，让人觉得他拿捏无度。诸如此类都与说话的水平有关。

现今社会，会表达善表达、会沟通善沟通已经不是很高的要求了。表达和沟通讲究适可而止、恰到好处。什么时候该说、什么时候不该说，什么时候该说什么话、忌讳什么话，什么时候该以怎样的口吻和语气表达，这都是需要技巧的。退一步讲，如果实在拿捏不好分寸或效果，宁可三缄其口，也不能"祸从口出"。说出去的话如同泼出去的水，那是收不回来的。所以老人常说的"少说为佳"还是有道理的，毕竟能不能把话说得恰到好处，也许真的没有十全的把握，但是，自己少说或者不该说的时候不乱说总该能够把握得了吧。遗憾的是，有的人就是管不住自己的嘴。

避免"好骡子卖了个驴价钱"，需要好好补上演讲与口才这门基础课。我们不是孤立地生活在这个世界上，都需要和人打交道，这就必然面临如何把话讲好的问题。为了自己生存发展的需要，为了开展工作的需要，为了构建和谐关系的需要，我们真的有必要把话好好说。

避免"好骡子卖了个驴价钱"，不仅需要从业务水平上下功夫，更需要提高我们的思想水平和认识水平。如果仅仅学会了说话的技巧，而不知道怎样运用这些技巧，不能从更高的高度予以把握，那些所谓的技巧会不会帮倒忙，也未可知。

"好骡子卖了个驴价钱"是可悲的。比这更可悲的是，一些人还自我感觉良好，根本就没有自我反省的意识，甚至认为自己蛮聪明的。如果是这样的话，不要说事业发展了，能把自己周边的人际关系经营好就谢天谢地了。

给某些医生处方开个"处方"

有次去看一个正在住院的朋友。闲谈之间，朋友邻床的老大爷拿着张处方进来，让我帮忙看下处方上究竟开了些什么药。面对龙飞凤舞、密密麻麻的小字，无论我把眼睛睁得多大，横看竖看，也没有认出几个字来，这让我顿生"此'书'只应天上有"的感慨。没想到，此刻的尴尬和无奈以及老大爷的无助，引发了在场的众病友对医生处方的强烈吐槽。大家的吐槽点涉及病历上的"处方""病史""病兆"的记录以及对症下药的"处方"。今将大家对医生处方的"处方"整理如下，以期收到"药到病除"之功效。

受诊对象	某些医生的处方
既往病史	此病由来已久，时轻时重
临床表现	（1）横不平、竖不直，圈圈点点、勾勾连连，潦潦草草、乱七八糟；（2）年轻医生的处方"病情"甚于年长的医生，男医生的处方"病情"甚于女医生；（3）有阵发性；（4）传染性强
危害	（1）贻误患者病情，导致医患冲突；（2）滋生不负责任的风气，影响行业形象；（3）侵犯患者及其家属对病情的知情权

致病原因	（1）某些医生心浮气躁，缺乏严肃认真的工作作风；（2）对患者及其家属的知情权缺乏尊重；（3）个别医生思想认识错误，甚至认为字越潦草，越显得学问大、医术高
"处方"	（1）加强制度建设，强化医德教育，切实关心患者的所思所想，尊重其知情权；（2）定期举办处方展览，评出"最佳"和"最差"，奖优罚劣；（3）不定期抽查处方，开展专项治理；（4）利用网络技术实现记录规范
禁忌	一忌"三天打鱼，两天晒网"的散漫状态，二忌雷声大雨点小、高高举起轻轻放下的形式主义

另一种"顾客至上"

这是前不久发生在菏泽市市中商场的一幕。

顾客：四十件羊皮背心，我包了。

售货员：让您包了可不行，最多只能卖给您四件。

顾客：我又不少给钱。

售货员：不少给钱我也不让您一个人包了呀！

顾客：为啥不能？

售货员：天冷大家都要穿棉袄，仅剩的四十件都让您包了，我们怎么应酬其他的顾客呢？

售货员以天冷大家都要穿棉袄为理由，说服了那位执意要包下店里所有羊皮背心的顾客。四十件羊皮背心如果能一次售出，不光有益于该商场的资金周转，而且有益于售货员销售额指标的完成，他却宁可一件不卖，也不让一人都买去。由此可见，这位售货员并不是一味地追求经济效益，而更愿意在天气渐冷的时候，将温暖留给更多的顾客，让更多的人穿上羊皮背心。这何尝不是对"顾客至上"的另一种生动诠释？

背靠"大树"好乘凉

有一次到电厂办事，遇到某村的几位村民代表向电厂索赔，理由是工厂排出的灰尘污染了他们的庄稼。他们言辞颇为激烈，还声称，不给钱就堵塞电厂的输煤专用线。

企业好比一棵大树，许多农村的干部及群众把有"大树"可依当成难得的机遇，尽其所能地为企业提供方便，以促进企业的发展。作为"大树"的企业，更要投桃报李，慷慨地为农村提供技术、资金等方面的援助，帮助当地更好地发展经济。双方优势互补，携手发展。

而有的地方，个别干部一味向企业索取，得寸进尺，恨不得把"大树"连根拔起扛回家去，稍不满意就实施"三断政策"（断水、断电、断路），甚至组织唆使群众到企业捣乱，这种行为不光妨害企业的壮大，也有损当地发展的长远利益。

随着改革开放的深入，将有更多的企业扎根农村。但企业的发展是需要环境支持的，这不仅包括能源、交通、通讯等硬环境，也包括人文等软环境。愿根植农村的"大树"越来越多，也愿农村的干部群众学会更多的"乘凉"学问。

由基辛格两退稿件想到……

看到一篇文章介绍说，基辛格就任国务卿期间，曾安排一位新任秘书三天之内完成一份材料。那位秘书"出手"很快，次日一早便很自信地向基辛格报告："先生，材料已经完成，请过目。"谁知基辛格接过材料，连看都没看一眼，便提笔写了"重写"二字。秘书只好回去加工，当天下午又送来第二稿，基辛格依旧很不客气地只写了"重写"二字。那位秘书心中不悦，只得把材料带了回去。第三天中午，那位秘书毕恭毕敬地将第三稿送给基辛格，并附上一张小纸条写道："先生，我确实做了最大努力，但不知您是否满意，请过目。"基辛格这时才开始审阅稿子。之后，基辛格提出了修改意见，并向那位秘书做了解释，连续两次退稿是对他的锻炼，同时也是要求他把能反映自己最高水平的材料交出来，相反，如果没有做到最大努力，没写出他的最高水平，就不能体现对他的锻炼，这样的材料写得再多，也很难有所进步。

基辛格两次退秘书稿件的故事使我想了很多。其一，己不满意者勿示于人。没做到最大努力，自己尚不满意的东西，不要轻易出手，还是"能出手时再出手"。这反映一个人的作风是浮躁还是扎实，工作态度是应付搪塞还是认真对待，是追求轻松还是追求卓越。我们每个人都应该把"追求卓越"的精神落实到具体行动上，勇于对自己"出手"的东西负责，做到自我加压，敬业爱岗，不断进取，追求完美。其二，"好人主义"要不得。基辛格两次退稿既体现了他对工作的高度负责，又体现了他对下属的严格要求，如果他是"好人主义者"，降低工作标准，不去从严要求秘书，就可能给工作带来消极影响，同时也使身边的工作人员感觉不到压力，既对工作无益，又对人才的成长有害。由此看来，所谓的"你好我好大家都好"不是对工作和他人真的好，"好人主义者"不是好人，更不是好领导。

我们在工作实践中，如果标准不高，要求不严，我们的工作即使在某些方面提高了，也很难持久保持。所以，在工作中，我们应大力提倡基辛格对下属从严要求的做法，提高工作标准与要求。

"随便说说"

　　由于工作关系，笔者会参加一些庆典活动和会议，很煞风景的是，有的与会者或许出于自谦，或许出于其他原因，讲话之初，往往讲些"没有准备，随便说说"之类的话。其实，如果真的是"随便说说"，即使你有出口成章的水平，还是提前准备一下更好；如果只是出于谦虚，实则早有准备，不是真的"随便说说"，那也没有必要以"随便说说"开头。

　　如果是真的"随便说说"，首先，那是对听众的不负责任。大家都挺忙的，谁有工夫听你"随便说说"？既然要讲，就该准备一下，努力讲出点新意，讲出点水平，起码也该有个诚恳的态度。其次，不利于自身素质的提高。经常"随便说说"无形中浪费了许多锻炼提高的机会，不利于他人，也不利于自己。最后，分散会议的主题。有话则长，无话则短，东扯葫芦西扯瓢，离题万里，只能留下笑柄。

　　如果是处于谦虚目的，那么以"随便说说"开头也是害处多多。首先，会让听者不知如何操作，既然你是"随便说说"，那听者需不需要当真？你能"随便说说"，听者可不可以随便听听——这只耳朵进，那只耳朵出？如此一来，往往一些需要落实的事项也因"随便说说"而变得无足轻重，更得不到落实；一些很严肃的事项也因此而丧失了其严肃性。其次，"随便说说"有损发言者形象，降低其威信。听众听到"随便说说"一词，可能认为这个人的水平不怎么样，态度也不认真，这样岂不得不偿失？

今天谈及"随便说说"，绝对不是随便说说。但愿那些习惯以"随便说说"开头发言的人能就此打住。

别端着"金饭碗"讨饭

　　新近开通的芜湖长江南路宽阔整洁，成为市政工程的一大亮点。人们在对宽阔的道路交口称赞的同时，也对道路两旁的绿化工程赞不绝口。该绿化工程不但建设速度快，而且绿化标准高。花草树木生机勃勃，俨然成为市政一景。其实，让人称奇的还有如此规模的绿化工程竟然没有花政府的一分钱，仅仅是因为政府盘活了资产，提供了政策。

　　资源还是那些资源，土地还是那些土地，人员还是那些人员，但是思路一变，便满盘皆活。资金的困难、人力组织的困难、绿化管理和维护等困难便不再是困难。如果按部就班，一切有政府包办，道路开通之后再实施绿化工程，不但绿化的时间很可能延后，树木花草的管理也会很费周折，要想达到政府满意、群众满意、路政满意那样的多赢局面，并不容易。

　　不少人沉溺于惯性思维，因循守旧，坐吃山空。他们既不善于学人之长，也不敢自我突破；他们既不善于研究政策，也不善于研究市场。还有的人，明明手里端着"金饭碗"，却不知道其价值几许，更不知道使其保值增值。最后，本该增值的东西贬了值，本该抓住的发展机遇却与之擦肩而过，不要说善做善成，连坐地守摊的本钱也没有了。

"金饭碗"是好东西。但是对有的人来讲，端久了"金饭碗"很容易手腕麻木、反应迟钝。与其让他们转变思想、调整思路，不如撤掉他们手中的"金饭碗"，来个"壮士断腕"促其猛醒的好。

硬性规定不妨柔性表达

芜湖长江南路拥有双向八车道。在其刚刚通车的时候，虽然配套设施尚在进一步完善中，但是已赢得交口称赞。大家不但对高规格的路面赞不绝口，也对道路两旁温馨的交通警示语给予好评。

"十次事故九次快，有车一族当自爱""绿灯可以再等，生命不能重来""但愿人长久，一路共平安"……长江南路两旁不断闪现的交通警示语一改传统的生硬冰冷、严肃刻板，字里行间透着温情、温馨和温暖。大家既接受了交规教育，又感受到了春风拂面般的关怀。看来，交通规则的硬性规定一旦被柔性表达，便不再是空洞说教，似春风化雨、润物无声，对通行者来说，可以收到入眼入脑入心之效。

众所周知，人是需要尊严的，纵然在接受教育的过程中，也有个尊严的问题。我们生活的方方面面都应该追求人文关怀。以人为本是具体的，是需要落到实处的，包括马路上的交通警示语。

我们党对改进文风问题历来高度重视，中央反复强调，一定要下决心改进文风，提倡"短实新"。遗憾的是，很多人不知道改进什么，更不知道怎么改进。其实，类似这样用通俗语言表达严肃问题，用简单语言解读复杂问题，用柔性语言诠释硬性规定，并且能够让公众乐于接受，这不就是实实在在的改进文风吗？

新路驾车更要小心

新开通的马路往往给人平整、宽阔、车少的印象。其实，这只是表面现象，看似安全的表象下往往危机四伏。

新开通的马路在开通之初，其配套设施一般都不能立刻到位，特别是摄像头、红绿灯等基本设施的缺位，给一些不够自觉的人"一试身手"的机会。他们或超速行车，或随意变道，或逆向驾驶，毫无忌惮，满不在乎。这是新开通的马路上险象环生的主要原因。

在此，我们呼吁路政部门，新路一旦开通，就要尽快完善配套设施，缩短设施完善的"过渡期"，同时，在摄像头、红绿灯等固定设施没有到位的情况下，增加巡逻测速车执勤的频率也是有效的补救措施。当然，我们更要提醒诸位，新路驾车更要小心，因为那些"马路杀手"在新路上更容易"出手"。如果不能高度集中注意力，发生意外其实并不意外。

生活感悟

关于家长会的感悟

因为常年在外，所以尽管有一双儿女，我却没有参加过学校组织的家长会，也曾为此感到惭愧。前不久出差到济南，正赶上女儿就读的学校召开家长会，终于有机会补上了这一课，也因此大开眼界。

其一，家长会的朴实让笔者大开眼界。会前没有书面通知，更没有烫金的请柬。会议室设在教室，没有横幅，没有欢迎标语，没有水果，没有座签，没有纪念品，甚至没有茶水，更没有什么工作餐之类。入座之后也没有谁逐个介绍与会人员。有意思的是，众多的与会人员没有一个人对此说长道短、议论纷纷。

其二，家长会的纪律让笔者大开眼界。几乎没有与会人员迟到，没有人敢不做笔记，生怕记录不全，手机也没有人不调至震动状态的，没有人不签到，没有人早退，更没有与会人员无故缺席。入座的时候也没有主持人反复动员往前坐，大家都是纷纷往前挤，惟恐听不清楚会议要点。会议开始后，没有人交头接耳，没有人随意走动，更没有人大声喧哗，奇怪的是并没有哪个人出面宣读会议纪律。

其三，家长会的高效让笔者大开眼界。会议的程序简单，简直就是开门见山、直奔主题。会议之后的落实更是高效，家长们都把自己落实的相关信息及时准确地反馈给老师。奇怪的是并没有哪个人催促及时给校方反馈信息。

其四，家长会的简洁让笔者大开眼界。会议不印发材料，没有话筒，会议的自由发言不分先后，不论你是主任也好、局长也罢，不论你是个体户也好、大款也罢，没有主次之分，只有先来后到之别。不仅如此，大家的发言很踊跃、很积极，甚至有点争先恐后的味道，而且大家的发言也都实事求是，切中要点。奇怪的是并没有哪个人反复动员大家发言。

于是，顿悟：原来会议是可以这样开的。

生活感悟

常温入党誓词

每年的7月1日，笔者供职的安徽华电芜湖发电有限公司都会组织新老党员重温入党誓词活动。大家面向党旗，举起右手，铿锵宣誓。

许多党员都能做到"平时工作看得出，关键时候站得出，危机时刻豁得出"，这是他们党性修养过硬的表现。开展重温入党誓词活动是强化党员党性意识教育的很好形式，它能增强党员的荣誉感和责任感，能对党员产生有效的激励和鞭策，值得提倡。

作为一名共产党员，入党誓词不但要重温，而且要常温，不但要在党的生日时，单位统一开展活动时重温，而且要在平常的日子里自觉地温习。我们要永远不忘自己是一名党员，经常自问"入党为什么、在党干什么、为党做什么"，时刻提醒自己务必在党爱党、在党为党、在党忧党，并且以实际行动为党的事业贡献力量。

求实比求胜更重要

前不久，在上级公司组织的区域运动会上，我单位成绩没有达到预期，"求胜"的目标没有全部完成。相关同志进行了深刻反思并一致认为，这次"求胜"方面的缺憾实际上是"求实"的功课做得不足的结果。

一方面，我们争取胜利，为荣誉而战那是必需的。但是，取得胜利、夺得荣誉和全面提升员工的身体素质相比毕竟是外在的、次要的。如果说获得好名次是得了"面子"，那么，大家都运动起来，养成健康向上的生活习惯才是有了"里子"。如果只重视培养运动精英或者运动骨干帮助单位争金夺银，而大众健身工作无人问津，就算此次获得了胜利，那样的胜利也未必可喜可贺。另一方面，一旦"求实"的工作做得扎实，有了很好的群众基础，就不怕不出成绩，"求胜"便水到渠成了。

运动会也好，其他的技能大赛或者类似的活动也罢，获得了荣誉当然可以激发大家的兴趣，但是，最终还是要靠牢固的基础，凡事儿打好基础才是根本。切莫颠倒了"求胜"与"求实"的关系。

是表态还是表功

　　日前，参加了某区的一次文明创建工作推进会。会议安排得紧凑高效，领导的动员工作做得很到位，参会人员也很受震撼和鼓舞。遗憾的是，个别在会上表态的有关方面负责人却让与会者不明白他是在表态还是在表功，实在难逃表面表态实则表功的嫌疑。

　　我市创建全国文明城市迎检工作已经到了最后的关键阶段。我不是说过去的工作不重要，但是，领导也好，群众也罢，大家目前关心的不仅仅是你在分管的领域已经做了什么工作、取得了多大成绩，大家更关心的是你下一步如何跟进、如何落实等问题。"行百里者半九十"，即便真的成绩斐然、胜券在握，也需要再推进、再动员、再落实。

　　创建全国文明城市工作任务艰巨、责任重大、使命光荣。现在不是评功摆好的时候，在需要你表态的场合来表功，说轻了是不合时宜，说重了就是邀功取宠。成绩不说少不了，问题不改不得了。尽快厘清思路、查出不足、制定措施、抓好整改才是重点。

与其频繁跳槽，不如就地跳高

几乎每年的三四月份，许多企业都会遭遇"用工荒"。这多半是因为原本在这家单位工作的员工春节之后另谋他就的缘故。在这里，我倒是想建议那些频繁跳槽者，与其频繁跳槽，不如就地跳高。

当然，跳槽都是有原因的，被逼无奈肯定是有的。除此之外，跳槽的原因不过有三种：第一，自己本事太大，这座庙容不下；第二，自己本事太小，工作压力太大；第三，自己的某些期望不能得到满足。如果是第一种原因，你应该首先考量自己是不是真的能耐很大，有没有可能在原单位通过"跳高"（职位的晋升）找到用武之地。如果属于第二种情况，你更应该加倍珍惜，从低处做起，主动工作，多做工作，争取获得"跳高"的能力与机会。实实在在地讲，属于第三种情况的人更多。可是，即便如此，你能保证下一家企业比这里更好吗？你敢保证下一家企业没有这家企业的那些缺点吗？如果答案不是肯定的，恕我直言，你还是不跳槽的好。

作为员工，期望成功，期望被重用，期望有一天能够脱颖而出，都是可以理解的。但是，不能急功近利，更不可好高骛远，要知道是金子迟早会发光的。人在职场，要耐得住寂寞，经得起考验。记得有个高考看图作文题，图中的一个男子在挖井，第一口井挖了4米，他换地方了；第二口井挖到6米，他换地方了；第三口井挖到5米，他又换地方了……殊

生活感悟

不知，水就在地下6米半的位置。现实生活中，通过跳槽越跳越高的不少。但是，事与愿违、越跳越低的也大有人在。还有的人跳来跳去又跳回了原来的单位，吃了一回"回头草"，而当他再回原单位工作的时候，当初"一个战壕里的战友"大都成了他的领导。相比之下，如果发愤图强，就地跳高，既表现出对企业的忠诚，又可以积累技术基础、人脉基础，不是也可以步步走高，成就一番事业吗？凡事贵在坚持，坚持就是胜利，可是有些人缺少的就是坚持。

频繁跳槽弊大于利，最起码有损自身的职场形象，使自己的忠诚度扣分，而当今社会，越来越多的企业更看重求职者的忠诚度。我们生活在一个充满诱惑的年代，如果你真的做到踏踏实实、本本分分、勤勤恳恳，忠诚于企业，敢于担当，成功就离你不远了。

有的人过分地夸大"外边世界"的精彩，却没有留意其中往往让人很无奈的另一面。"那山"未必比"这山"高。当然，如果盲目地跳槽，那是对自己的不负责任。

只有淡季的思想，没有淡季的市场

　　一个冬天的晚上，我到社区一家由夫妻俩开办的理发店理发。因为经常光顾，所以熟悉。我边理发边与他们夫妻闲聊，聊着聊着便听女老板埋怨天气渐冷，生意趋淡……我善意地提醒她，市场是淡还是旺，主要的影响因素是人，而理发业更是如此。理发基本属于刚需，就算天气转凉，人们理发频次兴许稍有下降，但那绝不是主要的，作为店主，绝对可以凭自己的手艺和服务弥补所谓的季节性影响。但如果不注重人的作用，即便是旺季，也不一定就会盈利。比如"迎峰度夏"指的是发电市场的旺季，大家总想在这个时段"多拉快跑"赚个钵满盆满。但是，同样"迎峰度夏"，有的企业积极应对，努力打好有准备之仗，主辅设备均时刻保持良好备用状态，加上他们不断强化市场意识，收益大增也很自然。相反，有的企业本来就"先天不足"，装备上和别人存有差距，再加上市场竞争乏术，仓促上阵，哪里有不大败而回、铩羽而归的道理？一方面，淡旺季的存在是客观的，认识不到这一点，就不可能有思想上的重视，就会放松警惕；另一方面，所谓的淡旺季又是相对的，认识不到这一点，就不可能激发自身的潜能，化不利为有利，转危为机……

　　人的潜力是巨大的，人的惰性也是惊人的。淡季的思想一旦形成，便自己给自己套上了思想的枷锁，自己对自己放松了要求，自己给自己留下了后退的台阶。在这样的思想支配下，不但其淡季会比别人先到，而且持续的时间更长，说不准，别人一年之内只有一次淡季，而持这种观点的人一年之内经历两三次淡季也不足为奇，甚至出现淡季很淡、旺季不旺的糟糕局面。淡季和旺季是可以相互转化的，经营不当，旺季不旺；经营得当，淡季转旺。天上不会掉馅饼，我们不能寄希望于市场对我们情有独钟、网开一面，要不断地"眼睛向内"、挖掘潜力、"强身健体"、增强实力。

京剧的气度

　　京剧之所以被称为国粹，原因自然是多方面的，兼容并蓄、博采众长的气度绝对是其中的一个重要原因。在厦门推出的传统名剧《锁麟囊》让我又一次真真切切地领略和感受到了京剧非凡的气度。让我感到震撼的是演出阵容的大气，仅"女1号"薛湘灵，就有6位名家登台扮演，即迟小秋、李海燕、吕洋、张火丁、刘桂娟、李世济。在一出戏中能够看到如此多的重量级名角的表演，绝对是一件大饱眼福的幸事。

　　相比之下，在许多地方戏曲中，很少能看到这么多名家同台亮相的场面。有的地方戏剧各自为政，甚至画地为牢，且不说不同的流派之间不相往来，不同演出团体的演员也很少交流，久而久之，出现江河日下的局面也就不足为奇了。

　　京剧界这种情况的出现，是人才济济、人才辈出的体现，是繁荣兴盛、和谐团结的体现，也是一种缘于自信的大气的体现。有比较才有鉴别，有比较才有繁荣。缺少了这种大气，就难以有京剧事业的进步。

　　我们在日常生活和工作中何尝不需要这样的气度？有了这种气度何愁关系不和谐、心情不顺畅、工作不进步？

生活感悟

153

车检标签还有进一步创新的空间

　　粘贴在机动车挡风玻璃上的车检标签和强制险年检标签由来已久，想必大家都能理解，这是行车必备的手续和标志。我要说的是，纵然由来已久，也未必不能创新完善。

　　相信大家都有类似的观感，这类花里胡哨的标签粘贴在本该透明透亮的挡风玻璃上，实在不怎么美观，也会在一定程度上影响驾驶人员的视线。

　　好在最近的一个时期这样的标签开始被方便揭取、带塑料薄膜的款式所取代。其实，这方面的创新还有更大的空间。比如，把标签换成透明的或者半透明质地的，把目前的标签做得再小上几圈，把标签的图案设计得再漂亮耐看一点，甚至可以制作汽车检验标志电子凭证……

　　我们会一直期待着车检标签的不断创新。

评《芝麻官悟语》

　　读罢《芝麻官悟语》，收获颇丰，感慨良多。该书的确是一部既有思路又有办法，既有理论又有实践，既显通俗又显艺术，反映作者从政为官感悟的好书。该书有个性、有特色，不乏精彩之笔，常有高明之论，值得细"悟"。

　　之所以说《芝麻官悟语》值得细悟，不是因为作者王敬瑞拥有山西阳泉市副市长的头衔和丰富的从政经历，不是因为作者拥有"党的十四大代表"的光环和全国"人民满意的公务员"光荣称号，也不是因为有邢贲思、余秋雨等大家为之作序，而是因为该书是作者长期实践和仔细观察，用心感悟工作的成果。

　　《芝麻官悟语》之"悟"体现了作者持久的勤奋。作者是那种勤于思考、善于总结、乐于感悟的人。他忙中偷闲，见缝插针，只要有灵感顿悟，他就会用笔随时将自己的感悟记录下来。十年时间，笔耕不辍。他曾坦言，这十年他休息的时间很少，即便是春节假期也只休息初一和初二两天。难怪余秋雨说："这本书有点稀奇，因为这是一个最没有条件写书的人，在一种最不适合写书的环境中，硬挤出来的。"

　　《芝麻官悟语》之"悟"来自作者丰富的实践。二三十万言的"悟语"不是徒生感叹，更非无病呻吟。该书阐述的每一个问题都有的放矢。他认为，干什么都有规律，官场也有规则，如果什么都不明白确实容易碰壁，尤其是那些当公务员的年轻人，必须掌握如何使用"四种工具"即鞭子、刀子、斧子、抹子。"四种工具"寓意四种不同的工作方法，领导者应区别情况，权衡利弊，把握分寸，因人因事而用。用好这"四种工具"，工作就会得心应手。

《芝麻官悟语》中作者对敏感问题不回避，不躲躲闪闪，不闪烁其词。他将话分为两种，一种是嘴里的话，一种是心里的话。听见的嘴里话，有真有假；听不见的心里话，全是真话。面对"防腐"问题，他认为，为官者要知道那些利益的给予者们，看中的是领导手中的权力，谋算的是利益交换和回报。他们准备了种种好处，千方百计地等着掌权的人伸手。领导伸手要的过程，就是被别人拉下水的过程，就是犯错误的过程，伸手就已经越过了底线。

《芝麻官悟语》之"悟"也展现了作者的淡定和从容。荣誉面前他始终保持清醒，多年来，群众送给他的锦旗，他从不拿出来。他觉得，锦旗从某种程度上讲是个讽刺，因为这些事都是干部应该做的，不做是干部失职，做不好是干部无能，做不到是干部的耻辱。他认为，成功者的人生之路是由一条得失、毁誉、褒贬、苦乐组成的弯曲路，不论遇见什么事，你都要想得通，都要以平常心对待。拿得起放不下叫压力，拿得起放得下叫魅力。

《芝麻官悟语》之"悟"也体现了作者驾驭语言的智慧。该书行文形象生动，富有哲理，发人深省。作者在领导工作实践中提炼出来的精彩观点和生动语言，是研究领导科学的理论工作者们在书桌上、在讲台上"发明"不出来的。比如，"要做个好官就得念好'八字经'"，"脑清是前提，直接影响到地方发展的情况"，"心正者才能担当重任"，"腕硬就是不怕得罪人"，"慈不掌兵，领导者要有刚性、有魄力、有胆识、遇事果断。但腕硬不是独断专行，要有理有节，刚柔相济"，"拳重就是抓落实要下大力、出重拳"，等等，这些无不体现出作者在语言文字方面的功力。

类似《芝麻官悟语》这样发自肺腑、给人深刻启迪的书弥足珍贵。仁者见仁，智者见智。《芝麻官悟语》值得细"悟"的地方还有很多很多。

学会欣赏别人

　　人们大多都会有自我欣赏的时候，自我欣赏能够增加自信，只要不是孤芳自赏，那也没有什么不好。需要指出的是，有的人只知道自我欣赏，没有用欣赏的眼光去看待别人——把自己看成"一朵花"，把别人看成"豆腐渣"，那是不对的。其实在我们的人际交往中，学会欣赏别人是非常重要的。

　　欣赏别人就要善于发现别人的长处。发现了别人的长处，不是去嫉妒，而应该用欣赏和赞美的眼光去看待，进而学人之长补己之短。欣赏别人不能苛求别人，要心态平和，对别人的缺点不能无限放大，而要在合适的场合用恰当的方式指出，要相信别人有改正缺点的能力和勇气。

　　欣赏别人尤其要学会欣赏自己身边的人。有的人也欣赏别人，但是他们欣赏的往往是伟人，伟人当然值得欣赏，可我们还要善于发现身边人身上的优点。"三人行，必有我师焉"。可见生活中不是缺少可以欣赏的人，而是缺少会欣赏的眼睛。我们只有善于发现身边人的优点，才能更好地见贤思齐，不断完善自己。欣赏别人要从娃娃抓起，这方面家长责无旁贷，一方面，家长要欣赏自己孩子，发现孩子的优点和长处，从而及时地有针对性地对孩子给予表扬，培育孩子的自信心；另一方面，要让孩子从小养成欣赏别人的良好心态，与人为善，善待别人。

　　在我们的工作中，领导干部尤其要学会欣赏别人，因为会欣赏和鼓励属下的领导，是更善于调动属下积极性和创造热情的领导；会欣赏和鼓励属下的领导，拥有更强的号召力、感召力和人格魅力；会欣赏和鼓励属下的领导，更容易带出同样欣赏和鼓励下属的下属。

当然，欣赏别人不是不讲原则，没有是非观念。如果对别人的不足和差距还去赞美，要么说明自己分析和认识问题的能力不够，要么就是对别人不够真诚。真正的欣赏应该是：内心敬重、当面肯定、背后称颂。

培根说："欣赏者心中有朝霞、露珠和常年盛开的花朵；漠视者冰结心城、四海枯竭、丛山荒芜。"因此，我们在生活中要学会欣赏别人。

与人为善

　　2015年5月5日，芜湖市举行全市青少年学雷锋志愿服务活动。芜湖市团市委和市青年志愿者协会联合倡议："雷锋精神我传承、雷锋精神我践行、雷锋精神我坚守"，用实际行动为芜湖这座文明之城再添新光。同时，全市各级少先队组织启动了"小手拉大手·雷锋就是我"志愿服务活动。各种形式的志愿服务活动，传递着与人为善的力量。

　　与人为善既是一种心态和境界，又是一种文化和文明。凡事谦和礼让，互帮互助，多换位思考，多想别人所想，人际关系必将更加融洽和谐。相反，彼此之间尔虞我诈，互不信任，私字当头，各自为政，只讲"人人为我"，不谈"我为人人"，那么，怨愤与不平、嫉恨与失落就会萦绕在自己周围。

　　与人为善是一种能力、一种力量，更是一种修养。友善能给人以满满的正能量，能使落魄之人重振希望，而不友善的行为哪怕是不够友善的言辞，对濒临灾难的人而言，也可能是压倒他的"最后一根稻草"。只要人人都献出一点爱，世界将变成美好的明天。学雷锋活动正在以各种志愿服务的形式悄然延续，他们用真情践行友善，他们用友善营造和谐，做到了各美其美、美人之美、成人之美。

　　与人为善更要与邻为善。桐城"六尺巷"的故事家喻户晓。相传，清代大学士张英的老家人与邻居吴家在宅基的问题上发生了争执，纠纷越闹越大，张家人只好把这件事告诉张英。家人飞书京城，张英阅罢大笔一挥："千里家书只为墙，让他三尺又何妨。万里长城今犹在，不见当年秦始皇。"家人见信立即动员将垣墙拆让三尺，张家的忍让行为令邻居十分感动，于是吴家也把围墙向后退了三尺。两家人的争端很快平息了，两家之间形成了六尺之巷。张英的友善和大度既化解了两家的纠纷，又留下一段美谈，给后人留下了一道奇特美丽的人文景观。这个故事告诉我们，给他人留下余地的同时，也给自己留下了适当的退路，岂不是皆大欢喜？

与人为善还要努力地与曾经跟自己过不去的人友好相处。1991年曼德拉出狱当选总统以后，他在就职典礼上的一个举动震惊了整个世界。总统就职仪式开始后，曼德拉起身致辞，欢迎来宾。他依次介绍了来自世界各国的政要，然后他说，能接待这么多尊贵的客人，他深感荣幸；但他最高兴的是，当初在罗本岛监狱看守他的3名狱警也能到场。随即他邀请他们起立，并把他们介绍给大家。看着年迈的曼德拉缓缓站起，恭敬地向3个曾关押他的看守致敬，在场的所有来宾以至整个世界，都静了下来。后来，曼德拉向朋友们解释说，他年轻时性子很急，脾气暴躁，正是狱中生活使他学会了控制情绪，因此才活了下来。牢狱岁月给了他时间与激励，也使他学会了如何处理自己遭遇的痛苦。他说，感恩与宽容常常源自痛苦与磨难，必须通过极强的毅力来训练。获释当天，他的心情平静："当我走出囚室、迈过通往自由的监狱大门时，我已经清楚，自己若不能把悲痛与怨恨留在身后，那么我其实仍在狱中。"曼德拉宽厚友善的精神让世人肃然起敬。事实上，每个人都生活在现实当中，有的时候甚至矛盾重重，如果无关紧要的小事想不开、看不透，就会空耗精力、影响情绪甚至造成敌对。

现实生活中，有人处世不够友善，心胸不够豁达，眼界不够开阔，总觉得帮了别人，自己的利益就会受损，成全了别人，就意味着自己失去了机会，而如果别人得到了实惠，则意味着自己当了"冤大头"。根本没有看明白人与人之间更多的不是"零和游戏",是可以也应该"多赢共生"的。自己在帮助别人的同时,何尝不是帮助了自己?罗曼·罗兰讲过:"仅有太阳的光明是不够的,还要有心的光明。"就是说人生在世,心态要光明,追求要高尚,胸怀要坦荡。我们每个人都应该要乐于助人,乐善好施,有成人之美。果真如此,我们既成全了别人,也成就了自己。

敢吃螃蟹与会吃螃蟹

"吃螃蟹"的问题有"敢吃"与"会吃"之分。笔者认为，我们不一定当上第一个敢吃螃蟹的人，但要努力争当会吃螃蟹的人，因为"敢吃"固然可敬，而"会吃"同样可赞。

敢吃螃蟹的人，他们敢闯、敢试，不怕风险、不畏困难，的确很不简单。有那种敢争第一、敢为人先的意识是好事，但很多时候某些工作刚开始时往往并不具备"第一"或"人先"的优势，因为各种原因或许只能屈居人后。即便如此，那也并不可怕，因为我们还可以努力成为会吃螃蟹的人。如果说敢吃螃蟹能够表明一个人的勇气的话，而会吃螃蟹则是一种能体现智慧和才能的境界。只要我们不因为一时落后而丧失信心、放弃竞争，脚踏实地、高标准、快节奏地做好工作，在会吃螃蟹上下功夫，后来居上也是有可能的。许多时候会吃螃蟹完全可以弥补当初不敢吃螃蟹的损失。

敢吃螃蟹不易，会吃螃蟹更难。要做到会吃螃蟹，起码要具备"三心"：一是细心，要留意各类信息，善于从别人的得失成败中汲取经验教训；二是虚心，要善于向他人学习，要有见贤思齐、海纳百川的气度，以人之长补己之短；三是雄心，要敢于超越，不断追求卓越，认准了的就大胆地干，要有舍我其谁的气概，更要有只争朝夕、不达目的誓不休的决心。

生活感悟

163

敢吃螃蟹不一定会吃螃蟹，会吃螃蟹才更有意义。不敢吃可能错失先机，不会吃则可能丧失机会。我们既要提倡敢吃螃蟹的精神，更要掌握会吃螃蟹的本领。一旦掌握了会吃螃蟹的本领，就可以少冒风险、少走弯路、出奇制胜，也就自然有可能后来者居上。

愿越来越多的人既敢吃螃蟹，又会吃螃蟹！

少发牢骚，多提建议

牢骚，是一种埋怨，是不满情绪的一种宣泄，属于感性的范畴。不能说牢骚没有丝毫的积极意义，但至少弊大于利。

牢骚有一定的顽固性，经常发牢骚的人，容易带着消极情绪看问题，久而久之，特别是面对困难和压力的时候，往往看不到积极的一面，从而丧失信心。牢骚具有偏见性，好发牢骚的人往往不能全面客观地看问题，常常一叶障目，见树木不见森林。牢骚具有消极性。牢骚多了，足以涣散军心、瓦解斗志。牢骚具有传染性。一个集体当中，如果缺乏疏导和沟通，牢骚可能在短时间内影响集体中的许多人。极个别的人还热衷于在公共场合或者外人面前大发牢骚，似乎这样才能显示自己的与众不同、出类拔萃，殊不知，发牢骚的过程也是自我"矮化"的过程，牢骚越多，自己在别人心目中的形象往往也就越糟。

比较而言，建议则要理性得多、健康得多、积极得多，而且效果好得多。因为，发现问题并提出建议是爱岗敬业和负责任的表现，也是一个人职业修养和专业素养的体现。其实，一个好的建议往往就是一个"金点子"，一条建议救活一个企业的例子也不少见。

提倡少发牢骚，不是说我们没有发牢骚的权利，而是我们应该尽可能多提建议。实际上，工作和生活中，只要大家对相关问题作一些深入理性的思考，很多的牢骚是可以转化为建议的。还有的时候，只要在表达

生活感悟

的方式方法上略加变通，牢骚也便成了建议了。目前，各级领导干部已经越来越注重倾听群众的建议和意见，反映建议和意见的渠道也越来越多。遗憾的是，有的单位和部门建议越来越少，而牢骚却越来越多。所以，我们必须努力纠正这一现象。

不论承认与否，大家都与自己赖以生存的这个集体、这个团队、这个企业是个利益共同体，是息息相关、荣辱与共的关系。发牢骚不能推动问题的解决。牢骚应该越少越好，而建议特别是建设性的建议则多多益善。

时事思悟

高铁馒头

　　也许是因为涉及民生，随着盛光祖在"两会"期间答记者问，高铁馒头的问题再度被热炒。

　　首先，这不是个新问题。坊间对高铁馒头的议论或者期待不敢说由来已久，但绝不是从盛光祖这次在"两会"期间答记者问开始的。其次，这不是个大问题。尽管说民以食为天，但是高铁馒头作为一个"问题"无论如何也算不上"大"。高铁上是没有低价的馒头，可是高价的饭菜并不缺少，只要你拿出足够多的钞票，尽可放开肚皮吃。最后，这不是个难问题。高铁的安全、速度包括舒适度的问题都能一一化解，高铁馒头问题的解决难度肯定也不大。

　　中国铁路总公司属于企业，负有国有资产保值增值的责任，有挣钱的义务或者任务，但是作为国有企业，它同样有履行社会责任的义务。看上去高铁馒头很有点"让利于民"的色彩。其实，未必没有双赢的可能。因为销路好、需求多，按照薄利多销的原理，高铁馒头也未必不能多挣钱。另外，普通消费者也不反对高铁在供应馒头的同时给有其他需求的乘客供应高价位和高附加值的食品。大家各取所需，岂不皆大欢喜？

　　由此，我想起了西湖门票的事情。杭州市政府2002年就果断取消了西湖及周边景区的门票。虽然门票收入没有了，但是越来越多外地游客的涌入给当地的旅游服务业着实带来了更多的收益。"杭州旅游"的品牌

时事思悟

价值也因此大大提升。

高铁馒头还有个保质保量的问题，在这个环节上游戏不得。不仅质量要有保障，而且要足量，不能动不动就说卖完了。要是没有这方面的保证，还不如不搞高铁馒头来得更实在。

说来说去，高铁馒头究竟能不能"唤"出来，就是考验高铁究竟是否落实为民服务的问题。高铁馒头根本不是个能不能或者该不该的问题，就是个想不想或者愿不愿的问题。

既然"铁总"的一把手发声了，而且是在"两会"上发的声，想必"高铁馒头"的呼之欲出应该只是个时间问题了。各位不妨耐心等待。

候车亭不该见"停"不见"亭"

我们芜湖的公共交通不能算不发达。但是，于此不相匹配的是城郊公交线路上的候车亭只见"停"不见"亭"，甚至市区里有些路段的公交站也没有亭，即使有个亭，也往往又破又小，难以称其为"亭"。

没有谁要求把候车亭的亭子建得特别高档。但是咱们芜湖这地方，冬冷夏热，若是下起雨来又往往连绵数日，如果候车亭足够大，可以遮阳挡雨，肯定备受市民欢迎。我们在改善乘车条件的同时也应该意识到候车条件也要随之改善。我们经常可以看到某处新落成了豪华厕所之类的新闻，为什么候车亭之类的基础设施不能旧貌换新颜呢？

我们正在创建全国文明城市，最近几年芜湖的城市面貌可以说是焕然一新。加大候车亭建设的投入，提高候车亭的档次，肯定能使我们的城市更阳光、更方便，也更文明。但愿不久的将来，芜湖的候车亭能成为江城的又一美景！

阅报栏莫要变成"月报栏"

经常光顾阅报栏的人们也许会发现，一些城市的阅报栏里的报纸并非常换常新。有的三天五天不换一次，有的十天半月"面目依旧"，不禁让人发出这样的感叹：这阅报栏到底是阅报栏还是"月报栏"？

阅报栏之所以变成"月报栏"的原因很简单，就是有关部门重视不够。重视不够自然导致管理不严，管理不严肯定导致考核不力，考核不力必将造成惰性蔓延，而惰性蔓延反映在阅报栏的管理上，其结果便可想而知了。有人也许辩解："我们那里的阅报栏虽然不是天天更换，但最多不超过一周就会换。"但是，大部分的阅报栏不都是从"周报栏""旬报栏"一步步变成"月报栏"的吗？当然，一旦变成了"月报栏"，那些新闻早成旧闻，阅报栏也便无人去"阅"了。

其实，阅报栏存在的问题远不止这一方面。阅报栏内无照明是问题，阅报栏周围又脏又乱是问题，阅报栏上乱贴乱画是问题，阅报栏被广告牌越挤越偏、越挤空间越少更是问题。阅报栏在城市的境遇是这样，在许多农村就更没地位了。有些偏远农村地区甚至都没有阅报栏，而所有这些问题都跟有关部门对阅报栏的重视程度不够紧密相关。

我们不是夸大阅报栏的作用，但是它也是传播文明的窗口，笔者真诚地希望更多的阅报栏能名副其实。

言语要文明，标语更要文明

正所谓"言语要文明"，文明的谈吐是我们一直倡导的。由此不难推出，标语更应该文明。

遗憾的是，我们时常看到一些不怎么文明的标语。比如，类似"禁倒垃圾，违者枪毙"，"光缆没铜，偷了判刑"等印在金属牌子上的标语。且不说乱倒垃圾无论如何也达不到枪毙的程度，就说偷盗光缆的事，会不会给人一种误导——偷了没铜的光缆要判刑，那偷了有铜的别的东西是不是不判刑？虽然制作"禁倒垃圾，违者枪毙"，"光缆没铜，偷了判刑"这样粗暴标语的初衷是想得到人们的重视，让人们严格执行标语的要求，这是可以理解的，但是如此遣词造句，不但有损法律的严肃性，也在不经意间造成了"二次污染"，践踏了社会文明。

标语是文字简练、意义鲜明的宣传口号，具有阅读上的可重复性和一般言语不具备的视觉冲击力。很有必要提醒有关部门，在制作标语的时候，应该更加注重标语的文明。

时事思悟

173

首问责任制

湖南省株洲市政府推出了一项叫作首问责任制的制度。制度规定,有人来机关办事,第一个被问到的人就要负责,不能说"不知道""不清楚""不属于我管"之类的搪塞性语言。这件事如果该自己办的要按规定及时办理;不属于自己职责内的事情,也要负责任地将来访人介绍到该去的部门并找到相关的责任人。

这项制度好,好就好在它摆正了公务员与群众的关系,促进了机关作风的转变,大大提高了机关工作的办事效率并解决了"门难进、脸难看、事难办"的问题。

这项制度的出台很有意义,执行好这项制度更有意义,使这一制度推广开来的意义最为重要。当然,执行和推广这一制度比出台这一制度更难,因为执行和推广这一制度,必须以公务员队伍精干高效廉洁勤政的工作作风、公务员自身素质的全面提高为前提。这就要求广大公务员具备扎实的业务技能,熟悉各部门及相关人员的职责分工,有为人民服务的强烈愿望。一个松松垮垮、懒散拖沓的机关,一个"八点开会九点到,十点不误听报告,中间还可以买菜遛号"的机关是不可能推出这一制度的;而一个按部就班、满足现状的机关,一个习惯于"吃拿卡要"、讲究"有权不用过期作废"的机关也是推广不好这一制度的。

说"猜拳行令"

　　"严禁猜拳行令"的招牌，几乎每个宾馆、酒店都有几张，即便如此，无论宾馆还是酒店，还是会经常拳令交加。拳声一起，对垒双方马上变得势不两立起来，不出两个回合，便把双方躁动起来的情绪推向高潮。在酒精的刺激下，比赛双方每根神经都高频率地震动起来，血管在膨胀，眼睛在充血，嗓门越喊越响，参赛者不能自拔，观战者火上浇油，全不顾邻桌及街上的行人。猜拳行令最终以摔瓶子、掀桌子甚至头破血流宣告结束的也并不罕见。

　　凡事都应讲究个"因时因地而异"才好。如果在孤岛荒郊等偏远的场所，你喊个天翻地覆也没关系。但是，如果在城市里，人口密集、房挨房、屋靠屋的地方，是否可以这样做就值得商榷了。你大喊大叫，才足以泄私愤、解忧愁、助酒兴，而对门的可能需要休息睡觉；你"对酒当歌"，希望"一醉方休"，而隔壁的可能需要看书学习，迎接考试；你这边酒逢知己千杯少，而楼下的却忍无可忍，恨不能隐身遁去。总之，你猜起拳来可能世事皆忘，而四邻可能在你停战以后仍胆战心惊。猜拳行令对你来说可能是超级享受，而对别人来说可能是难以忍受的折磨。

　　噪声作为一种污染，属"三大公害"之一。人们的自由应当受到尊重，但应以不影响他人为前提。如果各行其是，那就没有什么正常的生活秩序可言了。如果我们每个人都能设身处地地为他人着想，也算为维护社会秩序做了一分贡献。

时事思悟

175

"门牌12号半"之类

有个关于请客吃饭的相声,其中邀请人将准备宴请对方的菜名报了一串,最后当被邀请者询问其家庭住址时,却告诉对方自家的门牌号码是12号半。这段相声引得听众捧腹大笑。而在我们消费过程中,这类"门牌12号半"的事还真不少。

许多厂商都承诺"三包",可真需要"三包"时,往往找不到人来"包",甚至找不到厂商的具体位置。因为不知从何时起,也不知是谦虚还是心虚,在商品本该注明厂址的位置上,只印上了"中国北京""山东王集"之类的模糊语言。

有些厂商则善于在食品保质期上与"上帝"捉迷藏,要么只写保质期隐去出厂日期,要么只写出厂日期而不注明保质期。此种注释似有实无,毫无意义。

更有甚者,本是国货,却装模作"洋"。无论是产品的外在包装还是产品说明书都是外文,很少有人能全部看懂。这类产品不免遭到大众这样的吐槽:"虽是国产货,包装却奇特。全是洋字码,中文没一个,拿出说明书,一字不认得。质次甭想换,难道到外国?坏了别想修,谁也难琢磨。买来不会用,干脆就没辙!怨你没学问,别怨我缺德。"

在这里奉劝那些与顾客耍心眼的商家:下功夫提质量抓服务创名牌才是根本。

想起了《西厢记》里的崔夫人

在报纸上看到一篇报道，某市市民陈某将该市公安局告上法庭。原因是该市 1999 年 1 月 10 日发生特大杀警抢枪案后，公安局张贴的《通告》描述了嫌犯体貌特征，并承诺对举报重要线索或抓获扭送犯罪嫌疑人的人奖励 5 万元。最后，陈某冒着生命危险，将此前公安局悬赏缉拿的嫌疑人扭送到派出所，此案得以告破。"1·10"案告破后，有很多的报道、庆功会、表彰大会，但只与该市公安局有关，而陈某成了真正的无名英雄，公安局当初承诺悬赏的 5 万元酬金在破案 9 个月后仍未兑现。他虽然多次到公安局催问酬金之事，一直无结果。无奈之下，陈某便一纸诉状将公安局告上了法庭，他是在为自己冒着生命危险抓获罪犯的辛苦讨个说法。

我觉得该市公安局的做法委实不妥，大有《西厢记》里那个"许了又赖"的崔夫人风格。当初，崔夫人母女被恶人围困在普救寺，崔夫人许诺张生，若退去贼兵，就将莺莺小姐嫁与他为妻，可待张生退去贼兵后，崔夫人安排小酌请来张生时，却要莺莺和张生以兄妹相待，而不是结亲。如果说崔夫人抹不开门不当户不对的面子，走不出嫌贫爱富的局限，认为相府千金怎能配秀才之身，那么该市公安局有诺不践、言而无信是何道理？崔夫人的言行充其量是个人行为，而该市公安局就非同小可了，它是公权力的象征，其行为绝对儿戏不得。一旦它出尔反尔、言而无信，其失信于民的损失可就大了。如果该市公安局这 5 万元酬金不予兑现，即便将来悬赏 50 万元捉凶，该市市民也很可能无动于衷、不为所动。

俗话说"重赏之下必有勇夫"。虽然不少人并不十分欣赏那"重赏"之下的"勇夫"，但是，如果"重赏之下"仍无"勇夫"，那不仅仅是"崔夫人"们的悲哀，更是这个社会的悲哀。

常下去看看

在 2002 年上海的一次人代会上，有代表谏言：领导干部要做到 20 个"一"。比如，每月挤一次公交车，了解一下线路是否合理；每月到普通浴池洗一次澡，了解一下最底层群众想什么、盼什么、谈什么；等等。其目的就是要求领导干部"常下去看看"，不要整天游离于百姓生活的常态之外。

然而，一个不争的事实是，一些地方和单位，党群干群关系淡化了，脱离群众的现象多了。现实中，不讲民主、独断专行的官僚主义有之，不顾实际、好拍脑袋的主观主义有之，不问群众冷暖、只顾个人得失的个人主义亦有之……正因如此，"鱼水关系"被扭曲变形，要么变成了"蛙水关系"——不是时刻依靠群众，而是需要时想起群众、困难时找到群众、平时忘记群众；要么变成"油水关系"——不是"打成一片"、聚在一起，而是浮在上面、油水分明、格格不入，保持一定距离；更有甚者"鱼水关系"变成了"水火关系"——与群众势不两立、针锋相对。

"常下去看看"有利于改善党群关系，有利于避免偏听偏信、减少决策失误，有利于统一思想、协调步调、消除隔阂、缩小分歧，有利于上情下达、下情上传。

多年来，华电集团坚持和发扬党的优良传统和作风，干群关系密切，确保了政治安全、经济安全、生产安全和形象安全，各项事业蓬勃发展，受到社会各界的普遍好评。在密切干群关系上做了许多有益的探索：厂领导不但"常下去看看"，而且是带着问题"下去"；不但厂领导带头"下去"，而且要求中层干部也"下去"；不但自觉主动地"下去"，而且出台了许多有关密切干群关系的一系列制度，如民主评议干部制度、接待日制度、厂务公开制度、"五必谈""五必访"制度等；展示了华电党委强大的凝聚力和号召力，形成了上下同欲、众志成城的大好局面，各项事业协调持续发展。

记得一曲《常回家看看》几乎在一夜之间唱遍大江南北。其实，如果说"常回家看看"是父母对儿女的期盼，那么"常下去看看"何尝不是普通职工对领导干部的呼唤？

包子好吃不在褶上

《工人日报》的"科教时评"栏目刊文——《花千万造个大学校门值不值》，旗帜鲜明地对耗费巨资打造校门一事予以批评。读来感觉非常有道理，因为包子好不好吃，根本不在褶上。

我们经常可以在网上看到某某大学的校门造价动辄上千万的报道。实际上，如此不惜在校门上下血本，如今已成时风，现在不少大学都有一座气势恢宏的大门。如山东一所名不见经传的大学，几年前因为"高校最大、造价最高的大门"一事，引起网民哗然。其大门居然有多达28根巍峨的柱子，据称这象征着这所大学28年的历史，简直令人匪夷所思，如果今后这所大学走过更长的历史，比如百年的时候，莫非大门就要立一百根柱子？他们不在提高教学水平上下功夫，而是把精力用在如何把校门搞得花里胡哨上，恐怕难逃虚张声势、哗众取宠之嫌。

大学理应是崇尚科学与文明的一方净土，如果按"大学就是校门大"的思维模式办大学，能不能办成一所延续文化传统、弘扬科学精神的现代大学，不免令人质疑。国外不少名校的大门都是不起眼的，哈佛的校门既不高也不大，主门不过高约四米、宽约三米半，剑桥甚至没有校门，剑桥镇上也找不到剑桥大学具体的位置，因为它没有围墙，是完全开放的。没有校门的这些名校，正是以平等的、坦然的、积极的姿态，接纳每一个人。而我们真正需要的正是开放、包容的"校门"。

　　此外，我们的教育还没有到"不差钱"的地步，希望工程、金秋助学之类的活动更需要资金的投入，所以，要把钱用在该用的地方。若能如此，那才是教育之幸！

领导大还是法律大？

如果出一道选择题：领导大还是法律大？相信大家都会选择法律大。但在现实生活中，却有人因害怕领导而触犯法律。2013年7月23日，东莞虎门镇原党委副书记郑敏华在佛山受审。佛山市检察院指控郑敏华受贿过百万，为行贿企业谋私利。郑敏华现场嚎啕大哭，声称因为行贿者与时任虎门镇党委书记的吴湛辉（已被双规）有千丝万缕的关系，如果他不收钱，怕招来吴湛辉的猜忌和刁难。该案未当庭宣判。因怕得罪领导，迫于压力才"违心"收钱，这种"被迫受贿"的说辞让人啼笑皆非。

人应该要有所敬畏。一个人如果无所畏忌，肆无忌惮，就会自我膨胀，就会不知天高地厚。但是，如果因为畏惧领导，可以置法律于不顾，社会所追求和崇尚的公平和正义也就没有保障了。宁可违法乱纪也不得罪领导，是典型的人治理念的表现，对领导唯唯诺诺、机械地执行、简单地服从，既是对事业的不负责任，也是对领导的不负责任。

可能现实中，某些场合领导的权威还是有一定的影响，比如，个人的职场升迁一定程度上与领导的好恶有关。这种现象的存在不是说领导就应该比法律大，而恰恰说明我们需要更进一步推进法治建设，处处依法办事。

陈云同志一贯秉承"不唯上、不唯书、只唯实"的原则，被广为传颂。如果某人只是敬畏领导，怎么能够相信他"不唯上"？一旦"唯

时事思悟

上"——唯领导马首是瞻，又怎么可能"只唯实"？一贯敬畏领导的人一旦成为领导，肯定会让他的下属敬畏自己。一旦这样恶性循环下去，党风政风便难以整治。

任何政党和个人都不能凌驾于法律之上，都应该在法律允许的范围内活动。如果某人怕的是领导，法律的规定在他的眼里也就名存实亡了，法律的权威性也不复存在了。

不论在什么情况下，法律的权威性是不能挑战的，法律应该是最值得敬畏的，这应该成为全社会的共识，在建设法治社会的今天尤其应该如此。

成人比成才更重要

　　各大媒体都曾报道过神童魏永康的事。魏永康被称为神童并非无根无据，他2岁便认识1000多个汉字，8岁考上县重点中学，13岁以高分考取湘潭大学物理系，17岁考入中科院硕博连读。但是后来的他却因为生活不能自理而惨遭退学。望子成龙、包办一切的母亲曾某悔之莫及地承认："这些都是自己没有注重培养他的独立生活能力造成的。"

　　望子成龙没有错，这是很多父母的追求。但是，"成龙"也好、"成才"也罢，总不能一口吃个胖子，总要按照客观规律科学培养，因材施教才好。在这个漫长过程中，特别要强化"成人"的意识。一个孩子如果连做人、生活、与人打交道、判别是非、成长进步等基本的生活能力都不具备，还怎么参与社会竞争？如果是这样，就算他成了博士、博士后，又能怎么样呢？

　　父母是孩子的第一任老师，也是最重要的老师，如果父母连最起码的必修课都不让孩子去"修"，而是拔苗助长、急功近利，不出问题才怪。与成才相比，成人是最基础的。我们未必能成为国家栋梁，但是起码可以不成为社会和家庭的包袱。魏永康的成长经历说明非常重要的一点就是：为人父母者应该知道真爱与溺爱的区别，应该知道怎样施爱于孩子，应该知道让孩子自我锻炼、自我成长的重要性。

　　很庆幸，前面提及的那位曾妈妈现在已经清醒了，尽管清醒得有点儿迟。遗憾的是，还有无数个和她一样的张妈妈、李妈妈、王妈妈们仍沉溺其中，还没有清醒。那是孩子的悲哀，也是她们自己的悲哀。真的希望她们懂得：要成才先成人，成人比成才更重要！

一对一、实打实、心连心

2013年8月2日的《芜湖日报》头版头条报道了弋江区政府进一步拓展"双联系"内涵，通过"一企一组一策"为企业提供定制服务，把问题解决在基层，打造"双联系"升级版的消息。芜湖市弋江区政府为企业提供"一对一"的服务，形成了"心连心"般的紧密联系，取得了"实打实"的效果。他们推行"一企一组一策"，使每个企业都能得到针对性服务，成为政府与企业实时互动的交流平台。

严格地讲，"一对一"也好，"双联系"也罢，不是新生事物。可以说，各地都在做，大家都在做。但是，并不是所有地方和单位都能像弋江区政府这样把服务企业工作做得如此之细致，考虑得如此之周到。弋江区政府的主要领导和工作人员围着企业转，急企业之所急，想企业之所想，甚至在有的企业实现转型后，仍然每隔一段时间都会到企业看看，问问情况，了解状况。中央倡导建设"小政府大社会"，强化各级机关工作人员的服务意识，教育广大干部放低身段，紧接地气，服务基层。从弋江区政府的做法看，他们的确表现出了强烈的服务意识，非常值得肯定和推广。

弋江区政府为企业提供"一对一"的服务，不是喊一喊、呼一呼的口号，而是把它当作一个系统工程来做。他们在推进"一企一组一策"的同时，为企业建立了一个独立的资料库，着力打造一个服务企业的新平台，不但规定联系人每两个月至少联系1次对口企业，而且要在次月的10日之前填写问题摸排表并及时上报反馈给区领导，并由相关职能部门跟踪。这些做法，体现了问需于民、问计于民的思路，没有一点"表面、表层、表演"的色彩，处处体现出"实打实"的作风。弋江区政府为企业提供"一对一"的服务，大大拉近了机关与企业的距离。如今，更多的机关干部走出办公大楼、走进基层一线，变"公务员"为"服务员"，倾听企业诉求、增进与企业的互动交流，双方氛围更融洽、沟通更快捷、联系更顺畅，达到了"心连心"的效果。有的单位在开展"三严三实"专题教育过程中，面对"转职能、转方式、转作风"的要求一筹莫展，弋江区政府的"一企一组一策"为企业提供定制服务就是很有借鉴意义的"他山之石"。

"一对一"这篇大文章能否持续地做下去，既要求更多干部态度端正，满腔热忱，不辞劳苦，开展服务；还要求广大干部提升素质，增强才干，把"一企一组一策"的"策"研究透，吃透上边的政策，拿出可行的对策，为企业发展提供高质量、高水准的服务。只有这样，现在的"一对一"才能算是真正的"实打实"；只有这样，现在的"一对一"才能促进政府与企业长久的"心连心"。

如果说弋江区政府正在打造的是"双联系"的升级版的话，假以时日，我们一定能看到弋江区政府"双联系"的超级版。

既要醒得早，更要起得早

芜湖市弋江区政府早在2014年5月安徽省人社厅对将要下发的《安徽省青年创业园建设实施方案》征求意见时，便立即着手谋划建设青年创业园，并拿出服务外包产业园4号楼作为创业园载体，由政府出资装修，配备中央空调、办公家具等设施，让创业者"拎包"入驻。可以说他们对认准了的事情，便说干就干、立说立行，既"醒得早"又"起得早"。

"醒得早"是必须的、必要的、重要的。"醒得早"说明至少在这个环节上占得了先机。如果反应迟钝、麻木不仁、浑浑噩噩，必然头脑不清、思路不明，到头来或慌慌张张，或跟着感觉走，或东一榔头西一棒槌，漫无目的、不着边际，势必事倍功半。"醒得早"并不一定"起得早"，如果满足于"醒得早"，沾沾自喜、自鸣得意、毫无压力，就很容易丧失奋进的动力、迷失进取的方向。"起个早五更赶了个晚集"之类的事情绝非少见。

既要"醒得早"，更要"起得早"。但是，"起得早"并不容易，很多人在人家起床后转罢了几圈，还赖在床上；更有个别人愤愤不平并抱怨道："当初我也是这么想的，我如果搞的话说不定比他的更成功。"似乎人家早起的抢了他的风头，似乎他比人家早起的更有先见之明。说起来头头是道、天花乱坠，做起来慢慢腾腾、拖泥带水，那充其量只是思想上的"巨人"、行动上的"矮子"。我们日常工作中往往缺少的不是想法，缺少的是脚踏实地的人。就拿芜湖市弋江区政府建设青年创业园一事来说，谁都知道无论是留住人才也好，还是留住项目也罢，都需要政策支持，《安徽省青年创业园建设实施方案》也不是什么机密文件，相关信息是公开透明的，芜湖市弋江区政府之所以能够捷足先登，就是因为他们不仅"醒得早"，而且"起得早"。

为什么有的地方的优惠政策好听不好用，有的地方的优惠政策仅限于"纸上谈兵"，而芜湖市弋江区政府相应的政策却那么实实在在，比如，孵化企业在孵化期内享受税费减免、融资支持、创业服务，还有财政贴息、职业技能培训补贴，甚至连水电费和物业费之类的琐碎事项都涵盖在内。原因就在具体践行细节的不同。

时下，各行各业都在强调强化执行力建设，并把强化执行力视为加强管理、提升效益的重要法宝。如果凡事仅仅停留在设计阶段、停留在设想当中，那么，再好的项目也只能是好听、好看，却不好用、不实用。

市场如战场，稍有不慎或者稍有懈怠就可能错失良机、徒增哀叹。我们必须"醒得早"才能不输在"起跑线上"，这就要求我们务必时刻保持清醒头脑，不断解放思想、更新观念，敏锐准确地捕捉信息，要眼观六路、耳听八方，收集和掌握尽可能多的资讯。同时，我们更要"起得早"，在确定了方向目标之后，直面挑战、迎难而上、全速前行，而不可左顾右盼、等待观望、犹犹豫豫、裹足不前。

教授不仅只是个职称

在芜湖电视台看到一则报道：某高校副教授杨某因为没有如愿得到母亲的退休金，便在老母床前磕罢三个响头后欲与母亲从此断绝母子关系，全然不顾高堂老母年过古稀且患有左右脑梗塞，瘫痪在床、生活完全不能自理的情况。这个接受过高等教育、目前还在从事高等教育且有副教授职称的人如此对待生身母亲，的确令人心寒。他学的那些做人的道理难道都忘得一干二净了吗？为人师表的他以为三个响头便可以把母亲的养育之恩一笔勾销？

没有母亲，就没有他。别说老母亲没有什么错，即便是有，作为儿子怎么能够在母亲垂垂老矣、最需要自己的时候，做出断绝母子关系的事。羔羊会跪乳、乌鸦懂得反哺，身为教授，怎么能如此薄情寡义？他也有自己的儿女，不知道他的儿女在他的言传身教下，会不会上行下效，在他年迈之时与他形同陌路。中华民族是重孝道的民族，孝道和孝行是可以相互感染的，也是会上下传承的。我们现在怎样对待自己的父母，我们的儿女就很可能怎样对待我们。都说"养儿防老"，遇上杨某这样的不肖子孙，只能让自己的晚年更加凄凉。

值得欣慰的是，由于社会舆论的作用，他的工作单位采取了果断的措施，暂停了他的教学工作。杨某最后也同意向他的母亲道歉并每月支付1000元的赡养费，每月去看望一次母亲。真的希望他能够痛改前非、洗

191

心革面、重新做人，不再让自己徒有教授这个职称，所作所为却为大家不齿。杨某道歉的同一天，央视新闻报道，全国人大已经将儿女"常回家看看"写入法律并规定家庭成员应当关心老年人的精神需求，不得忽视、冷落老年人。这一规定将进一步推动子女对老人尽孝这一中华传统美德的顺利践行。

深圳踩踏事件有感

2015年4月20日上午，深圳的上班族像往常一样穿梭于地铁的人流之间，开始新一周的工作。在蛇口线换乘环中线的黄贝岭站，一名女乘客因没吃早餐低血糖晕倒，引起乘客恐慌情绪，部分乘客奔逃踩踏，引发现场混乱，造成12名伤者被急救送医。

上班高峰期、人员密集、恐慌心理……这些要素叠加在一起，使得地铁成了踩踏事故的高发区。一旦人群聚集，并被周围封闭的环境限制，危险就容易发生，原本有序移动的人群可能会因为一个小小的诱因而瞬间混乱，从而发生踩踏事件。

深圳踩踏事件发生在蛇口线和环中线换乘的地方，整个站台都站满了人，而且高峰期蛇口线等车乘客本来就多。地铁是人员密集区，上班高峰期更是如此，意识到危险时，大多数人会因求生本能慌不择路，此时最容易引发拥挤甚至踩踏。

笔者以为，比较有效的办法是加强警力，在高峰时段和热点路段增派警员，一来可以震慑趁机作乱者，二来可以让乘客多一些安全感。还要提醒老年人和儿童尽可能不在高峰时段的热点地段上下车。另外，可以撤除地铁候车站台上的座椅等设施，这些设施往往会在紧急时刻成为乘客快速疏散的障碍。站台的面积要尽可能扩大，站台上的柱子应该设计为圆柱形。当然，多建几条地铁线路，提高大众的文明意识也是必要手段。

难道必须这样以怨报怨？

　　2015年5月3日下午，成都市锦江区某十字路口处，司机张某开车逼停女司机卢某，将其从驾驶室内暴力拉下车并拳打脚踢。张某称，卢女士的车子在行驶过程中突然变道，使他车内的孩子受到惊吓，因十分气愤，他随后一路尾随卢女士并伺机将其逼停并实施殴打。卢女士表示，因自己对道路不太熟悉，的确在变道时突然踩了一下刹车，但当时两车并没任何刮擦发生，没有想到这个男子会把她逼停，并拉出来毒打。为了一点小事，一个男人竟然如此当街毒打一个陌生女人。女子开车突然变道固然不对，但该男子竟一路尾随直至将她拉出暴打解恨。善良的人们不禁要问，区区小事，有那个必要吗？

　　正所谓，"出门靠朋友""与人方便，与己方便"。很多情况下，方便了别人的同时，也能方便自己；妨害了别人的同时，也会给自己造成不便或伤害。但凡不是原则问题，还是不那么较真的好。上面说的女司机有错在先，这是没有争议的。不过，话说回来，不就是因为她不够文明地变了道，毕竟没有造成任何实质性伤害，何必一定要对其进行暴打呢？张某曾经为自己辩解，女司机突然变道，让他车内的孩子受到了惊吓。我不怀疑这话的真实性。不过，我想问一句，如此凶狠地对一个女司机施暴，那目睹这样场面的孩子难道不会受到更大惊吓吗？

　　新闻中的男司机，无疑是"路怒症"的典型患者。对任何城市来说，患上"路怒症"的人越多，道路交通必然越发拥挤，不必要的纷争、吵闹必然增多，社会戾气必然越来越重。为此，一方面要通过加强管理，促进文明驾驶，另一方面更要严惩那些动辄滥用暴力者。一个人的暴戾，既肇端于这个社会，又加害于这个社会。

车会越来越多，路会越来越挤，路途之中的磕磕碰碰在所难免，真的希望大家宽容宽容再宽容。道路已经很窄了，让我们的心路宽敞一点难道不好吗？同为路人，为什么不能在各行其道的同时礼让三分呢？那样就算堵路也不至于堵心啊。

像抓生产安全那样抓营业安全

　　10月10日往往被人们赋予"十全十美"的含义，但2015年10月10日对很多芜湖人来说，却是不堪回首、噩梦般的日子。就在当天，镜湖区杨家巷一餐馆液化气罐发生爆炸，17个活生生的人瞬间丧命。

　　事故的具体原因尚在调查之中，但是，管理不善、监督不力肯定是其中非常重要的原因。也许，有人会说这样的事故发生的概率可能很小很小，甚至不及百万分之一。可是，对那失去了生命的17个人的家庭来说，确是百分之百地遭遇了不堪承受的灾难。随着那声巨响的消逝，很多人对这场事故的记忆也将逐渐消退。

　　但是，那些受难家庭却长时间生活在挥之不去的痛苦之中。但愿这场灾难能够唤起更多的人，特别是负有管理责任的有关部门对营业场所安全的高度重视。因为安全是人们赖以生存和活动的首要条件，是企业最大效益的根本保证，更是国家大事、民生大事。没有安全这个前提，一切都是空谈。我们真的很有必要像抓生产安全那样以铁的手腕、铁的决心、铁的制度，狠抓营业安全，绝对不能让悲剧重演。

总有一种精神让人感动

　　许是见得多了，许是年龄长了的缘故，我这个以往很容易被感动的人，近一个时期很少流泪了。可是，2016年7月14日《芜湖日报》要闻版上的两篇文章：《濮阳圩，你一定懂得我们的眼泪！》《您用生命诠释了党员的意义》，仍然让我感动得热泪盈眶，久久不能平静。共产党员、抗洪英雄王能珍的事迹催人泪下，那种令人感动的精神弥足珍贵。

　　王能珍的那种精神，体现着他积极向上的人生观。不论生活多么坎坷，他仍然积极面对、乐观向上，尽力为儿女营造温暖和幸福的家庭氛围，让儿女感受那如山一般的父爱。他的那种精神体现着朴素的责任意识。2016年，他的家乡突发洪水的时候，王老正在儿子所在的部队探亲，他闻讯即刻回家，自告奋勇投身抗洪救险的工作中，牺牲之前的9天9夜他都一直坚守在堤圩上。他的那种精神体现着朴素的关爱他人的情怀。没有豪言壮语，没有慷慨陈词，有的只是那种实实在在细致入微的实际行动。比如，他利用自己的木工技术无偿给五保老人翻修危房；倾其所有地去帮助遇到困难的乡里乡亲；等等。他的那种精神体现着朴素的党性修养。他一直以自己是一名共产党员、一名老兵而自豪，始终坚持全心全意为人民服务的初心。作为一个年过六旬的老人，他曾一天先后20多次潜入水下用沙袋封堵管涌，以实际行动诠释着共产党员的宗旨。王能珍的那种精神体现在抗洪抢险的工作中，更体现在他日常工作生活的点点滴滴里。据说，他在儿子部队探亲的时候，还带着"两学一做"学习资料和读书笔记。

不能一提"精神"二字，就是"高大上"，大众更需要的是那种看似平凡的、寓精神于日常生活和工作中的，身边看得见、摸得着的，真实鲜活的"正能量"。也许有人觉得王老的事迹并没有惊天动地，其实这样平凡之中的伟大才更贴近生活，震撼人心。

王能珍已经逝去，他用生命筑起的丰碑将永驻大堤。他将永远活在江城人民的心里。

时事思悟

看得出、站得出、豁得出

最近，接连降下的几场大雨和持续飙升的长江水位给芜湖市的防汛抗洪工作带来极大挑战和严峻考验。这不仅考验我们的堤防是否坚固；也考验我们的预防机制是否完善；更考验我们的党员干部素质品行是否过硬，是否能真正做到"平常时候看得出、关键时刻站得出、危机关头豁得出"。

"看得出""站得出""豁得出"是共产党员先进性的本质要求，也是广大群众对党员同志的期望。三者之间既紧密相连、一脉相承，又各有不同。"平常时候看得出"是基础、是前提，没有这个基础，很难做到关键时刻站得出、危机关头豁得出。"关键时刻站得出"则更有说服力，关键时刻的言行是其平时素质修养的体现，正所谓"关键时刻显本色"。"危机关头豁得出"是一种更高尚更崇高的境界，是一个党员对党忠诚、敢于担当的写照。

"平常时候看得出"要求我们共产党员在平常时候事事处处当表率，时时刻刻做模范。我们的工作岗位就是最好的舞台，我们要想方设法利用好这个平台，哪怕自己的岗位很平凡，也要有能力把平凡的工作做到极致。只要真的全心全意为人民服务，做出成绩，群众也自然能够"看得出"。

"关键时刻站得出"要求我们共产党员乐于吃苦奉献，要勇挑重担而不可以拈轻怕重、挑肥拣瘦。作为共产党员就要懂得礼让群众，先人后己，而不能见荣誉就上、见利益就抢。工作陷于僵局、大家一筹莫展的时候，作为党员干部就要敢于"站得出"，并且大喊一声"跟我上"，而不是"给我上"！

"危机关头豁得出"是更严峻的考验，就是在国家危难、民族存亡时刻，要有抛头颅、洒热血、舍生忘死的情怀。在群众生命财产受到威胁的紧要关头，共产党员要英勇无畏、挺身而出、奋力而上，甚至不惜牺牲自己的生命，为人民群众擎起一片天。

眼下，洪水来势凶猛，群众的生命财产受到威胁，我们广大党员干部就要发扬"平常时候看得出、关键时刻站得出、危机关头豁得出"的作风，做出表率、当好楷模，真正做到洪水肆虐到哪里，党旗就飘扬到哪里，群众在哪里遇到困难，党员干部的身影就出现在哪里。

越是危急时刻，党员越要敢于担当！

"学进去"与"走出来"

在"两学一做"学习教育中，部分基层党组织在网上发起了手抄党章接力活动。平日里敲惯键盘、疏于动笔的党员纷纷拿起笔，工工整整地抄写党章，并在"朋友圈"中展示成果。然而，如果抄写只动笔而不"走心"，"朋友圈"里只为了"晒字"而不见行动的"真章"，不触及思想和灵魂，就会把这一初衷很好的活动搞变味，沦为"精致的形式主义"，这是需要注意和防范的。

开展"两学一做"学习教育是中央深化党内教育的一项重大举措，意在使全体党员重温党章，系统学习习近平总书记系列讲话精神，从思想到行动上切实发挥党员的先锋带头作用。但是，"两学一做"学习教育不应仅停留在各种形式上，而应该真正的用心去学，并做到"学进去"与"走出来"相结合。

不能"学进去"，便不能掌握科学的理论；不能"走出来"，便不能将所学理论应用于工作，就不能算是真正掌握了科学的理论。真正做到"学进去"的人只能算个"理论家"，而能做到"走出来"的人才是真正的"实干家"。

我们首先要"学进去"，但同时不能忘记"走出来"。"学进去"是"走出来"的前提，"走出来"是"学进去"的目的。因为"学进去"之前，可能"山重水复疑无路"，"走出来"之后，才能发现"柳暗花明又一村"。

　　党员应以"两学一做"学习教育活动为契机，将思想认识与自身工作相结合并付诸实际行动，做到真学真用，活学活用，真正将党章党规和系列讲话内化于心，外化于行。扎实"学"好和真实"做"好，才能成为一名合格的共产党员。

要经常自问"我是谁"?

　　随着第二批党的联系群众教育实践活动的深入开展，"我是谁""依靠谁""为了谁"的问题越来越频繁地被提了出来。这是一个问题的三个方面，比较而言，知不知道"我是谁"的问题看似很简单，实则很复杂也不好回答。现实生活中，确实有一些党员干部没有弄明白究竟"我是谁"。

　　也许很多人觉得"我是谁"的问题根本就不是个问题。其实，有的党员干部在主席台上似乎还保持着几分清醒，"我是谁"的问题似乎还定位得比较清楚；散会之后，便是另外的模样。这些人在主席台上正襟危坐，口口声声说，要践行群众路线、接受群众监督，很有几分亲民爱民的模样。一旦缺少监督，这些人便纪律松弛，把规章制度丢到九霄云外，全然没有了台上的影子。之所以有"台上他讲，台下讲他"的说法，也多半和这些干部的"两副面孔"有关。

　　有的党员干部年轻时还明白"我是谁"，上了年纪反而不知道"我是谁"了。他们认为经过了一段时间的历练，积累了一些经验，羽翼已经丰满，完全可以不再当群众的"学生"。更有的党员干部开始搞"上有政策下有对策"，合意的就执行，不合意的就打折扣执行；对上级交办的任务找客观原因顶着不办；对群众要办的事情找各种理由拖着不办，或者不给好处不办。

有的党员干部逆境之中倒是明白"我是谁"，顺风顺水的时候却忘记了"我是谁"。逆境之中，他们能谨小慎微、恪尽职守，自觉性很强，警觉性很高，不敢有半点闪失，能够很稳妥地把握自我、认识自我、完善自我。相反，在顺境中，他们便放松警惕、降低标准，服务冷冰冰、办事慢腾腾，不该说的说了、不该做的做了、不该拿的拿了……根本不管"我是谁"了。

有的干部提拔之前还明白"我是谁"，晋升之后便忘记了"我是谁"。这样的人一旦跃上新台阶，便迅速自我膨胀起来。他们往往认为随着自己职务的晋升，自己的水平和能力也随之跃升，甚至认为自己的进步就是自己努力的结果，与组织的培养和群众的支持没有多大关系，自我约束的意识和接受群众监督的意识便迅速淡化。

不要小看"我是谁"的问题，这个问题是个自我定位和自我评价的问题。"我是谁"的问题解决了，就容易放下身段平等地和别人沟通配合，就容易发现自己的差距和不足，就容易拓展自己的发展空间，就容易从群众那里获得源源不断的支持，也就自然可以获得更大的奋勇前进的动力。

在深入开展党的群众路线教育实践活动的今天，我们的每一个同志，特别是党员领导干部一定要经常扪心自问："我是谁?"

时事思悟

要知道究竟"依靠谁"

　　京剧《沙家浜》脍炙人口，《智斗》一折更是为很多人口口相传，历久弥新。我对反映军民鱼水情的"你待同志们亲如一家"的唱段情有独钟。在那样的血雨腥风、饥寒交迫的岁月里，慈祥善良的沙奶奶冒着生命危险对新四军伤病员悉心呵护、关怀备至，不但缝补浆洗不停手，而且保证新四军伤兵员一日三餐有鱼虾……沙奶奶不会唱高调，话很朴实："乡亲们若有怠慢处，说出来我去批评他。"尤其是她发自肺腑的"伤痊愈也不能离开我家"那句话更是催人泪下。虽然条件所限，拿不出更好的东西、提供不了更好的条件，但是以沙奶奶和阿庆嫂为代表的沙家浜的乡亲们却能够让新四军伤病员"一日三餐九碗饭，一觉睡到日西斜"。也许有人说，那是戏曲艺术，来源于生活也高于生活。但回顾历史，每当党的事业面临重大挑战，每当中国的前途命运面临艰难抉择的时候，总是依靠人民群众的力量推动历史车轮的前进。解放战争时期的淮海战役中，有几百万老百姓冒着枪林弹雨上阵支前，出动小推车几十万辆，解放军绝大部分的辎重装备、弹药粮草都是靠支前民工人背、肩挑、车推的。为此，陈毅形象地说："淮海战役的胜利是人民群众用小车推出来的。"

　　现实中，有的党员干部忘了自己的根在哪里、本在哪里，只愿"盯上级"，不愿见群众，甚至害怕群众；还有的奉行实用主义，把干群之间的

"鱼水"关系搞成"蛙水"关系，需要时就跳进水中，不需要时就像青蛙一样跳到岸上，还有的极个别人竟然把"鱼水关系"扭曲变形成了"水火关系"，干群关系简直到了水火不容、针锋相对的地步。这些都是极端错误的。

现在，我们进入了全面建成小康社会的决胜阶段，我们党正在进行具有许多新的历史特点的伟大斗争，形势环境变化之快、改革发展稳定任务之重、矛盾风险挑战之多、对我们党治国理政考验之大都是前所未有的。我们一定要充分发挥群众的主体作用，激发群众创造、集中群众智慧、汇聚群众力量，夯实执政基础，永葆事业兴旺。

回答"为了谁"要理直气壮

如果说"我是谁"主要是个定位问题，"依靠谁"是个方法问题，那么"为了谁"则是个目的和宗旨问题。可以这样讲，"为了谁"是个大是大非的严肃问题。

"为了谁"的问题要体现在宣传理念中。坚持诚心诚意为人民谋利益，从人民中汲取智慧和力量，始终保持同人民的血肉联系，是我们党保持和发展马克思主义政党先进性的根本点。共产党执政就是领导和支持人民当家作主，最广泛地动员和组织人民群众依法管理国家和社会事务，管理经济和文化事业，维护和实现人民群众的根本利益。党的理论、路线、纲领、方针、政策和各项工作，必须坚持把人民的根本利益作为出发点和归宿，充分发挥人民群众的积极性、主动性、创造性，在社会不断发展进步的基础上，使人民群众不断获得切实的经济、政治、文化利益。我们就是要理直气壮、大张旗鼓地宣传"全心全意为人民服务"的根本宗旨，理直气壮地反对一切违背群众利益的行为。

"为了谁"的问题要体现在具体行动中。"全心全意为人民服务"不仅仅是个口号，更有着丰富的内涵。"群众利益无小事"，我们要把群众当成兄弟姐妹，一切为了群众，为了群众的一切；时刻把"为了谁"深植心中，时刻惦记群众的疾苦冷暖。我们就是要在兑现落实"为了谁"这个问题的过程中，教育群众、组织群众、引导群众、团结群众、帮助群众、服务群众。事实上，我们只有凡事为了群众，关键时刻群众才能维护支持服从党的领导。

"为了谁"的问题要体现在人民群众的监督过程中。我们共产党执政的权力是人民赋予的，要自觉接受人民的监督。如果不自觉接受人民的监督，自恃高明，随心所欲地发号施令，必然会给工作造成被动。自觉接受人民的监督，就能更好地摆正"主人"与"公仆"的关系，使人民群众从实际监督活动中感受到自己是国家的主人，领导机关及其工作人员是自己的公仆，从而焕发自己的智慧和积极性。

治"四症"改会风

有副对联说得深刻:"今天开会,明天开会,后天还开会,何时抓落实?我们请客,你们请客,大家都请客,谁人干工作?"会风问题事关党风政风,备受群众关注。新一届中央政治局关于"改进工作作风、密切联系群众"的"八项规定"更是突出强调了会风问题。中央要求从简办会、节约办会、务实办会,这本不难办到,但是,坚持下去也的确不易。如果可以根治以下"四症",将有利于根治会风。

根治"反复症"。很多地方整治会风坚持一阵后又有所放松,三天一大会两天一小会,甚至一天两个会,发言稿动辄一二十页,讲话内容和风格更是少有改观。有的讲话依然穿靴戴帽,云遮雾罩,半天不能进入主题;有的没有新鲜观点,只能偷换概念,换个说法伪装一番,讲一堆正确的废话;有的则是一圈又一圈的套话,每次大同小异、老生常谈,令人毫无兴致、昏昏欲睡。凡此种种,很少让基层群众真正感受到会风转变后的清新之风。中央政治局出台的"八项规定",是一股清风、一股劲风、一股春风。广大群众真的希望上上下下以此为契机,闻"风"而动,持续努力,使会风问题不再"反复"。

根治"麻木症"。个别单位对中央政治局的"八项规定"反应迟钝,没有认识到其新意,尤其在改会风的问题上左顾右盼、等待观望、行动迟缓。有的单位认为改会风是上级的事情,或者说是别人的事情,似乎事不关己。更有的单位习惯于惯性思维，不去主动适应新形势和新任务，自我感觉良好，因循守旧，习惯于开"大"会、开"长"会、开那种不痛不痒不解决任何问题的会。整治会风的问题既需要中央的强力推动，更需要各级部门的积极响应。各单位都应该设身处地地与中央的号召进行比对，切实把自己摆进去，查弊纠偏，身体力行，自觉地做改革会风的响应者和参与者。

根治"变通症"。借开会之名，参会人员大吃大喝、游山玩水、结朋交友；办会之人虚报冒领、邀地主之功、行贪腐之实……群众早就对这样的会风深恶痛绝，中央已是三令五申，要求严格禁止，却仍然出现无锡市某街道80余名干部远赴厦门豪华酒店召开一个普通会议的事件。类似的"顶风而上"的事例是个案。但是，有关人员的"变通"能力低估不得，比如中央要求能合并的会议尽可能套开或合并召开，他们便开始"条块分割""化整为零"；上级要求不许发放会议纪念品，他们就"堤内损失堤外补"，另立名目，巧做安排。在改会风的过程中，就是要整治这样"变通"的典型，让"变通"者欲行而不通。

根治"护短症"。在整治会风的过程中，一些顶风而上者必将被曝光。作为其上级部门不能护短、不能包庇，要努力形成人人喊打的局面，使其无处遁形，为会风的整改创造良好环境。

会议就是工作，好的会风，反映好的作风。高效率会议是高效率工作的前提和基础，会议要开得扎实，开会要开出实效，群众才能得到实惠。

调查研究值得研究

在深入开展学习实践科学发展观活动的过程中，有一个重要的环节就是调查研究。怎样才能更好地开展调查研究？这真是一个值得研究的问题。笔者以为以下几点很重要。

第一，要有明确的目的。调查研究不是为了装点门面，不是为了单纯完成上级布置的某项调查任务，而是通过调研，掌握第一手资料，对事物作出正确的分析判断，制订正确的工作方式、方法，健全科学的工作机制。实践证明，调查研究要根据形势任务的需要来展开。某项工作或者指标出现偏差时，要搞调研，以确定出现偏差的原因；某项重大任务完成后积累了哪些经验、存在什么问题，要搞调研以推动工作，如何进一步改进；酝酿每项重大决策时，要搞调研，以收集针对决策的相关建议；每项重大管理创新实施前，要搞调研，以增强针对性和实效性；每项重要管理制度实施一段时间后，要搞调研，看其运作的成效如何；每次重要会议之后，要搞调研，看会议精神落实情况如何……如果调研缺乏明确的目的性，势必造成思想上的麻木懈怠，工作上的粗枝大叶，行动上的不着边际。

第二，要有科学的态度。调查研究是为了探求事物的规律，并运用这些规律来指导行动。因此，它必须是科学的，实事求是的，不能有主观性、片面性和表面性，需要注意三个禁忌。一忌先入为主。要按事物的本来面目去认识它，不可带有先入为主的主观成见。如果不采取客观的态度，而是按照主观框框到基层中找根据，用以印证自己的主观想法，或者只是迎合某些领导的意愿，或者为了证明调查前已有的基调和结论，借调查之名以证明自己的正确，有百害而无一利。二忌以偏概全。调查研究不要轻易下定论，要全面地分析问题，正面的意见要听，反面的意见也要听，不能只见树木不见森林，要有"莫让浮云遮望眼"的洞察力。三忌只看表面现象。就是不凭表面现象下结论，要透过接触到的现象，分析研究找到事物的本质。

第三，要有求真务实的作风。正确的调研必须有正确的作风作保证，有的同志以为干部到了基层就是深入群众，下去调查就是转变作风。其实"身入"不等于深入，更不等于"心入"。在调查研究中同样有个作风的问题，浮光掠影、华而不实、断章取义、报喜不报忧、弄虚作假、移花接木，都是作风不正的表现。在这方面，重要的是要做到求"三深"、戒"三表"、效"三最"。求"三深"，就是要深入基层、深入职工、深入人心。所谓"三表"就是指"表面、表层、表演"；戒"三表"，就是实事求是，摸实情，讲实话，办实事。效"三最"，就是要到最艰苦的地方，联系最困难的单位，解决最迫切的问题。

创新，没那么高不可攀

　　现实生活中，不少人把创新神秘化，他们认为，创新是研究机构的事，创新是科学家的事，创新是高等院校的事。说来道去就是说平常人等与创新无关，一般人做不了创新的事。我曾经在一家国内最大的火电厂工作过，那家电厂建设周期长，而且高峰时段仅工地上的工人就不下万人，附近的几个村民便找到了商机，通过为工地上的工人提供餐饮服务发了大财。他们通过思考找到了商机，这何尝不是创新？其实，人人可创新，人人能创新。

　　有这样的一个故事，说是山上的寺庙里有七个和尚，他们每天分食一大桶粥。为了解决不饿肚子和兼顾公平的问题，和尚们开始了多种尝试。一开始，他们拟定由一个小和尚负责分粥事宜。但大家很快就发现，除了小和尚每天都能吃饱，总有人饿肚子。换了一个小和尚后，却变成只有小和尚和主持人碗里的粥是最多的，其他五个人能够分得的粥更少了。饿得受不了的和尚们提议大家轮流主持分粥。一周下来，他们只有自己分粥的那天是饱的，其余六天都要勒紧裤腰带。于是又提议推选一个公认道德高尚的长者出来分粥。开始这位德高望重的人还能基本公平，但不久他就开始为自己和挖空心思讨好他的人多分，使整个小团体乌烟瘴气。和尚们觉得不能再这样持续下去了，他们决定分别组成三人的分粥委员会和四人的监督委员会，这样公平的问题基本解决了，可是等分粥完毕时，粥早就凉了。最后，他们想出一个办法，就是每人轮流值日，但分粥的那个人要等到其他人都挑完后再拿剩下的最后一碗。从此，和尚们都能够均等地吃上热粥。这也是一种创新。

中央提出"万众创新、大众创业"的号召。党的十八届五中全会提出的"五大发展理念"更是把"创新发展"排在了首位。这凸显了中央对创新的高度重视。原因不复杂，就是因为通过创新可以释放出几何级的发展能量，实现超常发展、跨越式发展。

我们都是职业人，不论职务高低，性别男女，都有一项自己的工作，都担负着一定的责任，为什么不能结合自己的工作开展创新、实施创新呢？"高大上"的尖端技术当然需要攻克，但是，我们身边更具体更实际的技术革新、技术改造，包括制度的修改完善不同样值得我们为之努力吗？

事实上，任何一项大的发明创造都是在许许多多小发明的基础上量变到一定程度后实现突破的。因此，我们要敢于创新、参与创新，要不遗余力地鼓励和支持更多的人参与到"万众创新、大众创业"的浪潮中来。

文明创建没有终点

"一分汗水一分收获"。经过几年的不懈努力，江城芜湖终于跃身全国文明城市行列。我们在享受成功、分享成果的时候，切不可松懈、陶醉。毕竟，文明创建没有终点。

创建文明城市是手段不是目的。我们各行各业的人都应该以芜湖荣获"全国文明城市"为契机，从现在开始、从自己开始，以更高的标准、更严的要求、更实的作风，持续不断地参与开展文明创建工作。以"创"的姿态而不是"保"的心态对待文明创建工作，使文明创建工作深入人心。

文明城市创建工作既不是一蹴而就的，更不是一劳永逸的，这是一个动态渐进的过程。如果真的认为拿到了荣誉便可以高枕无忧了，那是对文明创建工作的曲解。

如今，各地各单位都在积极开展各种形式的文明创建工作，争先恐后、你追我赶的文明创建氛围正在形成，我们没有喘口气、歇歇脚的资本，必须迅速投入到今后的文明创建工作中去，并以文明创建的新成果回馈人民。

是"面子",也是"里子"

2017年10月17日，芜湖市市委常委、宣传部部长在芜湖市全国文明城市迎检工作会议上，对即将到来的全国文明城市迎检工作进行了再动员，标志着每年一度的全国文明城市迎检工作正式全面启动。这是一项既涉及我市城市形象，也事关城市竞争力、影响力，更事关市民切身利益的非常重要且异常紧迫的工作。

自2015年被评为全国文明城市以来，在芜湖市委、市政府领导下，通过全体市民的持续努力，我市已连续两年通过了上级的复审复查，保持住了"全国文明城市"这一荣誉称号。

随着"创城"工作的推进，复查复审工作日趋严格，几乎每年都有城市被摘牌出列。据了解，即将来我市进行"创城"复检的是由安徽省内其他已获"全国文明城市"称号地市的相关领导和专家，他们的评价和打分直接关系我市在安徽省内8个全国文明城市中的排名。因此，针对即将到来的"创城"复检复查工作，我们要做好迎检准备。

首先，树立正确的思想认识，从思想深处认清文明创建的重大意义。第一，不能有"事不关己"的思想。"创城"不是哪几个人的事，事关全市，尽管由市文明办牵头，相关部门具体分工负责，但是任何人不能置身事外，袖手旁观。第二，不能有"一劳永逸"的想法。文明创建是一项持续发力、久久为功、不断推进的工作，是一项不可停歇松劲的工作，必须坚持不懈，自觉自发。第三，不能有侥幸的心理。不能抱有检不到自己头上的想法，更不能因为自己的单位不是"窗口单位"便不做准备。如果存有类似的侥幸心理，迎检工作势必难以保证。各单位、各部门要积极主动工作，举一反三，狠抓落实，而不能只做做表面功夫。

其次，采取合理高效的积极行动，将文明创建活动落实到位。一是要加强组织领导。各单位都要把创城复检工作列入重要日程，切实做到高度重视、认真对待，绝对不允许迎检工作在一片落实声中落空。二是要细化责任分工。"创城"工作既要全员参与，更要注重分工负责，实现上下联动、条块联动、城乡联动，不留死角，特别是交通、医疗、农贸市场等窗口单位更要加大文明创建力度。三是要攻坚克难。创城迎检进程中，各单位要正确处理工作中的困难和矛盾，既要抓闯红灯、随地吐痰、乱涂乱画、乱停乱放之类的繁琐小事，又要啃污染治理、诚信缺失之类的"硬骨头"。

创建文明城市难，守住文明城市更难。要真正让市民群众从守住文明城市的实践中获得荣誉感而得"面子"，更要让建成崇德向善、文化厚重、和谐宜居的文明城市的成果惠及市民群众而得"里子"，从而调动更加宏大的群众力量，进而促进我市经济社会全面发展。

社区书屋也要讲究"适销对路"

　　芜湖市弋江区中央城附近的某社区相当一部分居民是失地农民转移过来的。该社区新建了一个有一定规模的"农家书屋"。地处城里，却被冠名"农家书屋"，这本身就有点儿名不副实。当然，书屋叫什么名字、冠什么名号并不重要，关键是为那里的人们准备了什么精神食粮。但是，到书屋里仔细一看，更让人感到莫名其妙，除了一些通俗文学读物之外，相当一部分是《生猪的疾病预防》《教你养好长毛兔》《家禽管理手册》之类的家禽饲养图书。这个社区的阅读主体原先的确是农民，但是，现在这些农民的身份已经变成城市的安置性社区居民，服务于他们的书籍应该跟上他们转型后的身份才好。如果书屋仅仅是为了装点门面，而不考虑实际，摆放的大部分书籍仍然与农业相关，那就有点儿文不对题了。

　　凡事都要强调问计于民、问需于民。农民有农民的需求，市民有市民的需求。在建设书屋的过程中，或者在提供帮助和服务的时候，也要设身处地，讲究个"适销对路"才好。曾经的农民已经成为市民，社区的书屋也应该助推这种转变。

时事思悟

竞技晓悟

抽得好不如打得好

——华电集团公司第四届羽毛球赛系列评论之一

引人关注的华电集团公司第四届羽毛球大赛抽签程序结束了。团体赛、个人单项比赛的上下半区对阵形势已经揭晓。可以用"几家欢乐几家愁"来形容选手们抽签后的心情，在我看来，抽签得到的顺序没有那么重要，尤其是自认为抽的签不好而忧心忡忡的，其实大可不必。比赛是实力的较量，也是意志的比拼。如果只是因为对阵形势不利而垂头丧气，无异于尚未交手便输了气势。

很多时候，只要我们能准确看待对阵形势，把自己真实的水平发挥出来就好。如果因抽到好的参赛顺序而麻痹大意、沾沾自喜、思想轻敌、松懈斗志，就算有取胜的实力，也很可能在"阴沟里翻船"。相反，就算抽得不好，只要我们正确对待，调整好状态，制定好策略，可以打得好，未必不能克敌制胜。就如在里约奥运会上，中国女排所在的 B 组强手如林，一度被称为"死亡之组"。面对强敌，女排的姑娘们没有怨天尤人，而是积极备战，逐步调整状态，在小组赛成绩不佳勉强出线的情势下，置之死地而后生，接二连三地创造了奇迹，最终夺得冠军。

这样的例子，我们身边也有。今年在南京举办的华电集团公司首届龙舟邀请赛中，普遍不被看好的安徽公司代表队抽签后的对手分别是坐拥主场之利的国电南京代表队和实力不凡的山西能源代表队，可以说在抽签上没有占到什么先机。后来的成绩也证明了小组赛中对战对手的实力，小组赛被淘汰无缘决赛的第三名山西能源代表队的成绩竟然比决赛第三名的成绩还出色。可见当初安徽公司代表队所处的形势何等严峻。但是，安徽代表队的小伙子们没有被困难吓倒，而是迎难而上直面挑战，齐心协力勇往直前，不仅小组赛夺得第一，决赛时也率先冲过终点线夺得了冠军。他们"抽得不好"，却"笑到了最后"。

"抽得好不好"不重要，"打得好不好"才关键，才更有意义。冠军是打出来的，不是抽出来的。

常办常新

——华电集团公司第四届羽毛球赛系列评论之二

　　举办一场大型赛事不难，但是如果能坚持开展某项赛事而且能做到常办常新则非常不容易。2017 年 9 月 19 日开幕的华电集团公司第四届羽毛球赛不仅做到了，而且做得非常好、非常到位。

　　第一，赛制进行了创新，尤其是团体赛的设置，除男双、混双外，还增设了"五彩缤纷"环节，要求所有参加角逐团体赛的队伍的队员必须由四男三女组成，一改原来两男两女组团即可参赛的规则，这样大大增加了比赛的悬念。而采取的比赛得分75分制，分五节进行，又使得比赛时间得到有效控制。

　　第二，大赛首次应用 App 软件，每名参赛队员、志愿服务人员均通过手机安装 App 软件查看赛事资讯、相关通知等。本届羽毛球赛宣传组还利用微信公众号平台和 App 软件，专门制作每天一期的"华羽快报"栏目来回顾有关比赛的相关情况，这样的宣传手段更立体、更丰富、更快捷，为大赛增色不少。

　　第三，比赛过程中，还安排了与喜迎十九大系列活动相结合的红色教育等环节，让比赛做到张弛有度，既可以开阔视野，又能够接受传统教育，可谓一举多得。

　　华电集团公司羽毛球大赛已经越办越有吸引力，越办越有影响力，越办越有创新力。

竞技晓悟

225

冷门

——华电集团公司第四届羽毛球赛系列评论之三

从 2017 年 9 月 19 日下午开始，华电集团公司第四届羽毛球大赛慢慢地渐入佳境，而且高潮迭起，冷门不断，经常可以听到比赛经验丰富的裁判长和副裁判长惊呼："冷门！冷门！！冷门！！！"

第一个冷门发生在昨天晚间 C 组山东队与河北队的对决过程中。小组赛中山东队与河北队抽到了一组。上届大赛，就是河北队的成功阻击，把山东队挡在了八强之外。面对志在必得的 3 号"种子"河北队，山东队立足一个拼字，放手一搏，彻底报了 4 年前的"一箭之仇"，而且也毫不客气地使河北队进军八强的希望破灭了。各路选手一致认为这是开赛以来的第一个冷门。

9 月 20 日上午 8：30 左右，更加残酷的团体赛的第二阶段——淘汰赛正式拉开战幕。8 支强队组对厮杀，现场观众的助威声，迅速地把赛场气氛渲染到了极点。其中，最引人注目的是 1 号赛场上上届冠军福建队与实力不俗的华电科工队的对决。华电科工队今非昔比，特别是引进科班出身的孙曼杰之后，实力大增，完全具备与任何一支强队一决高下的实力，而蝉联三届集团公司羽毛球大赛冠军的福建队，更是志在必得，不肯轻易让冠军奖杯旁落。经过近 1 个小时的拼杀，华电科工队以 75：70 艰难地取得"五彩缤纷"环节的胜利，为己队拿下宝贵的一分时，仍然有很多的观众还是认为有关亮坐镇的福建队会笑到最后。接下来的一局正是关亮和韩正携手，用了20来分钟便把华电科工队的男双选手打败，使双方又重新回到同一起跑线上。决胜局，赛场之上的气氛更加火爆。这边儿，关亮马不卸鞍，与状态不错的余帆并肩出战混双比赛；那边儿，以逸待劳的孙曼杰与老将李强联手上阵。上半场，孙曼杰率先发球，关亮乘刚才男双轻松获胜之余威，打了李强和孙曼杰一个立足未稳，并且取得了4：0的领先优势。李强和孙曼杰当然不甘落后，很快加以反击，把比分追成4：4平。之后，虽然凭借关亮的个人优势占据一定的主动，华电科工队最多时曾落后四五分，但是总起来讲比分还是始终处于比较胶着的状态。15平之后，比分交替上升。比分在18：17之后，李强状态回稳，孙曼杰后场发力奏效，而关亮在左冲右突的过程中失误增加，华电科工队以21：18，占得决胜局的先机。下半场一开始比分咬得很紧，从1：1，打到8：8，再到12：9，李强和孙曼杰好不容易奠定了2分的优势，又被关亮扣杀和余帆网前截击成功，把比分追成13：13。双方既拼技术，又拼战术，既拼心理，又拼体力，掌声、喝彩声和加油声此起彼伏，竞争达到炽热化。他们的表现吸引了赛场上所有的观众。赛程进行到13平后，孙曼杰、李强配合更加默契，孙曼杰跳杀、李强大斜线调动频频奏效，最终21：15拿下比赛。上届冠军被止步八强，"新生力量"华电科工队跻身四强，从而爆出开赛以来的最大"冷门"。战胜了"1号种子"的华电科工队，被称为夺冠的最大热门。

　　第三个"冷门"是山东队在成功阻击了河北队后，9月20日上午，又以2：0的比分拿下了传统强队华电能源队。作为一支前两届比赛中都不曾进入八强的队伍，再次制造了一大冷门——跻身四强。

　　连战连胜的山东队，迎来了刚刚把上届冠军打落马下的华电科工队。此时此刻，被誉为"冷门制造者"的山东队，已经超额完成任务，变得更加轻松自如，也更加势不可挡。在9月20日上午进行的这最后的一场比赛中，山东队激情四射，不但以2：0的成绩取胜华电科工队，而且，男双的第二局只让对手得了4分。

　　冷门看似很偶然，其实有其必然性。拿华电科工队与福建队的比赛来说，华电科工队有新生力量、有战术配合，成功运用了"五彩缤纷"环节给己队带来的优势，尽管男双稍逊一筹，但仍战胜了实力强大的福建队。而在山东队与华电科工队的对决中，山东队兵多将广、群众基础好，这是他们的最大优势，加之很久没有取得过理想成绩，所以，渴求胜利之心异常强烈。半决赛中，山东队成功运用了"田忌赛马"的战术，在弱项上主动放弃，齐心协力拿下"五彩缤纷"环节得分的时候，胜利的天平已彻底倒向山东队了，因为山东队知道男双是华电科工队的软肋，而拿下男双之后，在三局两胜的对决中，华电科工队混双组合中纵有骁将孙曼杰，却没有了再度披挂上阵的机会。不知道山东队能否继续制造"冷门"，闭幕式前的终极对决更加精彩，我们不妨耐心等待。

以柔克刚

——华电集团公司第四届羽毛球赛系列评论之四

2017 年 9 月 20 日晚饭之后，比赛场上各单项比赛全面"开战"。严格地讲，新疆队对阵山东队的男双淘汰赛算不上重要比赛，但却是"以弱胜强、以柔克刚"的经典战例。四位参赛选手都很年轻，不论山东队此役是否输得心服口服，但是从某种程度上讲，新疆队的选手表现得确实更沉稳、更老辣、更主动。

新疆队的两位选手认为自己与山东队选手对比起来，在实力上不占优势，甚至承认这就是一场以弱对强的遭遇战，所以他们把姿态放得很低，起初备战的时候就十分认真谨慎。而且，山东队上午刚刚杀进男团决赛，不仅打破了自己的纪录，而且接二连三地制造"冷门"，先后力克传统强队，包括华电科工队、宿敌河北队以及夺冠热门之一的华电能源队。可以说，山东队士气正旺，而且，山东队的这对主力双打为了保存体力竟然没有参加前一天团体冠军的半决赛的男双比赛。作为实力稍逊一筹的新疆队心知肚明，如果不避其锋芒，很难取得胜利。

新疆队男双组合对以柔克刚的战术执行得坚定不移、甚是完美。能做到这一点很不容易，因为比赛场上很多队员往往急功近利，本来非常正确的克敌制胜的战术可能因执行得不够坚定，从而导致失败。新疆队的两名队员首局以 18∶21 失利之后，不但没有怀疑战术的正确性，而且执行得更加游刃有余。山东队的组合球风犀利，主动进攻多，杀伤力大。

新疆队队员面对强手却频频送出软绵绵的下沉球，使得山东队队员无法借力打力，经常八九个回合拿不下一分，而软中带硬的新疆队则伺机反攻，屡屡得手，很快以21∶15扳回一局。决胜局新疆队更是将战略坚持到底，而山东队没有及时调整对策，一味跟着对方的节奏走，在11分制胜的决胜局中仅得了3分。

此役告诉大家，如若知己知彼，以弱胜强也有可能。

爱拼才能赢

——华电集团公司第四届羽毛球赛系列评论之五

2017 年 9 月 21 日上午的两场男单比赛精彩激烈、扣人心弦，也诠释了"爱拼才能赢"的道理。

首场比赛，程景龙代表华电能源队迎战华电运营队的男单主力苏喜军。首局比赛，双方你来我往互不相让，一直打到 16∶16，仍然难分难解，赢得了场上阵阵喝彩。之后，华电运营队的苏喜军抓住对方发球失误和接发球未过网的机会，乘胜追击，把比分定格在 21∶17，率先赢得一局。

正在许多观众认为苏喜军很可能以 2∶0 拿下程景龙时，程景龙在次局刚开始不到十分钟时间内便拿到了一个 4∶1 的利好开局。尽管苏喜军奋起直追，比分逐渐迫近，但始终处于下风。9∶11 之后，先赢一局的苏喜军体力有所不足，程景龙则乘势发起猛烈攻势，在 15∶9、18∶11 之后，程景龙连续劈杀、攻势凌厉，以 21∶12 赢得第二局的胜利。

他们敢打敢拼的精神更充分体现在决胜局的较量中。11 分制的决胜局大家都不敢掉以轻心。尽管此时的苏喜军已显露疲态，但程景龙的体力也明显不如前半程，苏喜军为了振作精神，连连用手击打面部肌肉，而程景龙也已汗流浃背、直喘粗气。1∶1，2∶4，4∶4，比分咬得特紧，赛场上空气仿佛凝固了一般，两人谁得一分都很费时费力。7∶4，9∶7，年轻一点的程景龙好不容易赢了两三分，又被顽强的苏喜军追成 9∶9。

随后身处险境的程景龙反而放开手脚，抓住苏喜军体力明显不支的机会，大斜线调动对手，连得2分挺进八强。

另一场比赛中，华电湖南队李亮与华电运营公司过团挺的比赛也是难分难解，打满三局才分胜负。首局获胜之后的李亮有所松懈，认为再下一城应十拿九稳。结果事与愿违，次局反而被对手以21∶20扳回。重新披挂上阵的李亮果然让人眼前一亮，他抖擞精神，再显首局威风，以11∶4击败对手。

爱拼才会赢。愿各路选手在拼搏之路上走得更远。

坚持就是胜利

——华电集团公司第四届羽毛球赛系列评论之六

机会是留给有准备的人的，胜利是属于坚持者的。2017 年 9 月 22 日下午，在安徽省六安市小球训练中心进行的中国华电集团公司第四届羽毛球比赛团体决赛中，山东公司代表队硬是凭着"每分必争、咬牙坚持"的精神，实现了看似根本不可能的逆转，创造了山东队在这一赛事上的纪录，续写了连续三场爆冷的传奇，赢得了本届比赛的金牌，获得了观众和对手的称赞。

其对手湖北队是传统强队，在历届集团公司羽毛球大赛上，都有极佳表现。相反，山东队的成绩倒是差强人意。上两届，山东队甚至被排除在八强之外。本次比赛，山东队也只能以非种子团队出战团体比赛。本届大赛开赛以来，湖北队小组赛三战全胜轻松出线，四分之一决赛和半决赛过程中，也比较轻松地取得了胜利。不同的是，山东队小组出线的过程中便跌跌撞撞、磕磕盼盼，尤其是对阵宿敌河北公司队的小组赛，更是打得十分吃力，尽管勉强获胜，晋级八强，却也付出了巨大力气；四分之一比赛遭遇夺冠热门之一的华电能源队，更是让山东队难以应对；之后，与华电科工队对打的半决赛，山东队更是丝毫不敢懈怠，打了差不多100分钟才拿到决赛的入场券。另外，由于山东队队员平均年龄偏大，闯进决赛的山东队可以用"人困马乏"来形容。

大家都心知肚明，三局两胜的团体赛的第一局异常重要。可惜，让山东队不愿看到的是，被寄予厚望的老将张滨没有占得先机，以落后2分的成绩（13∶15）暂时落后，接下去的几场比赛中比分进一步拉大，等到第五轮选手（混双）王德政/杜娜登场的时候，75分制的"五彩缤纷"环节比赛的比分已经被拉大到了46∶60的地步。山东队到了必须背水一战的时候。山东队的队员都给他俩击掌鼓劲，把所有的希望都寄托在他俩身上。憋足了劲的王德政/杜娜果然不负众望，连得3分，把比分拉近到49∶60。湖北队的吴付强/谢菲组合也不甘落后，又连得了2分。此时此刻，山东队的两位选手心沉气定，稳中带狠，掀起了一股得分潮，把比分改写成59∶63。这时候，湖北队的选手也慢慢适应了他们的打法，比分差距很难缩小，而"五彩缤纷"的比赛越来越接近75分的局点。只有坚持，才能咬住，而只有咬住，才有希望，才能转嫁压力。慢慢地，70∶73、71∶73、72∶73，山东队似乎看到了希望。可是，突然间的一个回球失误，使得对方拿到1分，比分变为72∶74，只要山东队稍微闪失一下，"五彩缤纷"环节就将落败。山东队的两名队员在长时间坚持的过程中越发沉稳，一个高质量的发球，加上一个多拍平抽，竟然奇迹般地把比分扳成74平。这时候，湖北队队员们的压力倍增，不敢发力，而这恰恰给了山东队得分良机，最后，山东队将最终比分定格在75∶74，以1分的优势反败为胜。

次局，男双比赛。山东队再明白不过，如果不能2∶0获胜，那么山东队将不得不迎战几个小时前刚刚获得混双冠军的湖北队林玉梅/程襄组合，一旦到那时，山东队必将凶多吉少。肩负重担的张刚/袁步明组合遭遇了湖北队吴付强/谢菲的顽强阻击，从1∶1，打到10∶10，仍然难分难解。要不是首回合后半程的湖北队选手失误增加，山东队很难以21∶16取得胜利。易边再战，湖北公司队选手首先取得3∶1的良好开局，然后是4平、5平、6平、7平、11平、13平、17平、18平、19平，很有冲劲的湖北队组合没有让两位山东队选手占到任何便宜。山东队的选手知道战线拖得越长，对自己越不利。也许是受到队友王德政/杜娜组合的激励，紧要关头，他们没有手软，表现出出奇的冷静和韧劲。在19平时，连得两分，艰难取胜。

这是坚持的胜利，这是胜利的坚持！

还有比金牌更重要的
——华电集团公司第四届羽毛球赛系列评论之七

　　经过四天累计600多场的激烈角逐，华电集团公司第四届羽毛球赛团体赛及各单项赛事的金牌已各有归属。大家向各路参赛选手表现出来的拼搏精神、敬业精神、协作精神表示敬佩，向获奖的队员表示热烈祝贺，同时，也在热议：某某队获奖最多，哪个队员夺得了金牌……其实，金牌并不是最重要的，因为比金牌更重要的还有很多很多。

　　比金牌更重要的还有大赛中选手展现出来的顽强拼搏、迎难而上、直面挑战、勇往直前的精神，这必将成为华电职工宝贵的精神财富，并将成为激励大家为完成全年目标任务的强大精神动力。

　　比金牌更重要的还有一批新人脱颖而出，一批人才正在成长。这不仅对公司系统羽毛球运动有重要而深远的影响，而且对提质增效，提升企业核心竞争力意义重大。

　　比金牌更重要的还有同事之间的友谊。几天之内，各路选手同台竞技、相互切磋，在提升球技的同时，也进一步增加了了解、增进了友谊，这对促进文化交流、管理提升、团结协作、和谐共进，具有潜移默化的影响。

　　比金牌更重要的还有通过本届羽毛球大赛的举办，肯定会有更多的人养成健康科学的生活方式，自觉融入全民健身运动的大潮中。

　　总之，我们无须把金牌和名次看得太重，因为比金牌更重要的确实还有许多许多……

除了专业，还要专注

2019 年 11 月 24 日晚，2019—2020 赛季 CBA 第 9 轮比赛之深圳马可波罗男篮与新疆伊力特男篮比赛在深圳大运体育中心展开激烈厮杀。这是一场堪称经典、足可载入 CBA 史册的非凡战例，其比赛过程如何一波三折、跌宕起伏，你来我往中如何步步紧逼、当仁不让，已经无需赘言，即便身临其境者也很难用精准客观的言辞给予表述。单说主队在那最后的 1.7 秒内，天衣无缝、一气呵成，一球致胜、完成绝杀，就足够让人鼓掌叫好、拍案惊奇。

此前已经两连败的深圳队，非常渴望挟主场之利，止住颓势；客场作战长途奔袭的新疆飞虎，更希望能在深圳大获全胜，满载而归。新疆队果然有备而来，虽然深圳队穷追不舍，但是志在必得的新疆队在前 3 节的大多数时段还是掌控着比赛的节奏，占据比分优势，而且最多时领先 15 分之多。正以为新疆队很可能心想事成、如愿以偿的时候，深圳队开始绝地反击，而且反击的效果还真的立竿见影，以至于在比赛还剩下 13.6 秒的时候，竟然以 5 分的优势反超对方。新疆队自然不想功败垂成，他们抖擞精神、再度发威，在篮板球上频频得分，面对身高 2.09 米的沈梓捷，1.75 米的费尔德篮下强吃 "2+1"。虽然罚篮未中，但是连续得到两个前场篮板后，阿不都沙拉木继续发力，三分线外出手，球应声入网。在比赛还剩最后 1.7 秒的时候，他们硬是将比分闪击追平到 102∶102。就在几乎所有人都认为，比赛将被拖入加时赛时，却不料深圳队充分利用转瞬即逝的最后一秒，有如神助般地完成可遇不可求的"绝杀"——底线发球的顾全，毫不犹豫、果断决绝地抛出28米惊世长传，沈梓捷空中接力，背对篮板，命中"绝杀球"。此举将比分变为104：102，比赛也在高潮中以新疆队的失利戛然而止。

这场比赛留给客队新疆队的教训足够深刻。如果最后关头，尤其是比分追平的时候，新疆队队员能够集中精力，而不是放松警惕，重点对底线发球的顾全严防死守，不让顾全从容出手；如果说后场的周琦能够盯紧潜伏在篮下的沈梓捷，在他已经背对篮板的情况下对他实施有效干扰；那么加时赛便在所难免。一旦打起来加时赛，新疆队未必不会取胜。

同样值得主队总结的经验也有不少。第一，在篮球比赛中，由于赛场形势的瞬息万变，对篮球运动员心理承受能力是巨大的考验，运动员只有在心理承受能力比较强的时候，才能够面对赛场上的不利形势泰然至若，不为所动，从而最大限度地发挥自身实力，迎难而上，顽强拼搏。特别是在对方进攻形势比较猛烈的时候，更需要篮球运动员良好的心理承受能力。在双方比分是102平时，四节比赛时间即将结束，如果深圳队自乱阵脚，而不能专注比赛、全神贯注，那么深圳队未必可以取胜。

第二，加快攻守转换速度，可以提高进攻的成功率。"突变"是攻守转换的特征，也是攻守转换中最有生机、变幻莫测的一种类型。攻守转换速度越来越快是现代篮球运动的显著特点。如果顾全心有旁骛，左顾右盼，传球不坚决不果断，导致落点不理想，那么肯定很难实现"绝杀"。

第三，篮球运动是一项集体性项目，是在注重个人发挥的基础上的集体行动，它要求每名运动员在比赛中都必须齐心协力、密切配合，充分体现团队精神和协同作风。只有把个人的技能融入集体，集体才能给个人技术的发挥创造更多、更好的机会。如果沈梓捷与顾全配合不够默契，或者没有提前跃起完成空中接力，或者沈梓捷没有过硬技术，背对篮板时投篮失准……那么，发出一声叹息的也许就是主场作战的深圳队。

第四，在同样专业的条件下，专注很重要。CBA是国家级别的篮球联赛。其职业化和专业色彩很浓，各参赛队员皆是专业出身，都有职业背景。各队队员的专业水准可能存在差距，同样存在差距的还有队员在比赛场上的专注程度。可以说，2019年11月24日晚的那场角逐，新疆队就为自己的不专注付出了巨大代价。从某种程度上讲，新疆队不是输给了对手，而是输给了自己；不是输在不专业上，而是输在不专注上。人们常说，专业是一种素养，是一种能力，是一种境界。其实，专注又何尝不是一种素养、能力和境界？

我们的每一个职工与签约了的CBA队员一样，都是职业人。因此，我们也都应该有强烈的敬业精神，也就是职业精神，并且应该自觉地把这样的精神体现在日常工作中。我们是规模性国有发电企业，机组容量大、技术等级高、设备性能复杂，专业问题很多，对职工的专业要求高，这是毋庸置疑的。但是，只要大家重视了，聚精会神地投入了，完全有可能战而胜之。

每球必争，绝不言弃

2019年12月5日，炙手可热的深圳马可波罗男篮又奉献给球迷一场让人叹为观止的精彩绝杀。与2019年11月24日的那场绝杀相同的是：都是深圳队的主场，都是面临平局的情况下在后场出手，都是赛点时刻，如果投篮不中，比赛将进入更加残酷的加时赛。与第九轮那场绝杀不同的是：这次惨遭绝杀的不再是新疆飞虎，而是四川五粮金樽男篮，突施绝杀球的不再是顾全、沈梓捷组合，而是身披0号球衣的战将贺希宁。上一场绝杀时，距离终场尚有1.7秒，而此番男篮出手时间只剩下0.1秒。贺希宁抢到后场篮板转身投篮时他还身陷重围，他仓促"出手"时，自己还在对方的半场，准确地说是在后场靠近罚球线一带，而正是这个仓促之间的"无奈之举"使得对手此前四节拼搏的汗水付诸东流，绝杀后的比分被定格在98∶95。

深圳队2019年12月5日的主场绝杀无疑重新创造了历史！这说明深圳队没有因上次上演的绝杀而陶醉，没有见好就收，而是乘势而上，再接再厉，这对一个球队而言，实在是难能可贵，也是一支队伍成长成熟的标志之一。

他们身上表现出的竭尽全力、每球必争、渴望胜利的精神让人敬佩；他们把握机遇、创造机会的能力让人敬佩；他们不惜流汗、力争上游的气魄让人敬佩；他们克服困难、争分夺秒的勇气让人敬佩；他们不服输、不言弃的作风让人敬佩。这些不正是我们创建"三强三优"世界一流发电企业所需要的吗？

　　我们有理由期待，绝杀不断的CBA联赛必将精彩不断。同时，也希望我们的广大职工在欣赏精彩比赛的时候，能够从中汲取营养，学习别人那种全力以赴、争取胜利的精神。如若如此，我们华电职工队伍的精神面貌必将焕然一新，我们华电职工队伍的战斗力必将百尺竿头更进一步，我们华电职工队伍必将攻无不克、战无不胜，在创建"三强三优"世界一流企业道路上取得一个又一个的辉煌。

士别三日

作为厂第十届文化节的开场戏——中层及以上干部篮球赛昨天（4月9日）晚7：30在篮球馆狼烟再起。

揭幕战对垒双方分别为旋风队（管理一）和亮剑队（鲁源）。赛前，舆论普遍认为凭亮剑队那几把破"剑"，想与实力阵容的旋风过招，纯属鸡蛋碰石头。旋风是上届冠军，而亮剑去年的比赛成绩是倒数；旋风上个赛季只输过一场，而亮剑只小比分赢过一场；旋风本来兵多将广，今又有厉害选手加盟，反观亮剑，可以驰骋一番的就是所谓的"五虎上将"，那点"家底"首发时便会消耗殆尽；旋风上赛季每场平均得分59.2分，而亮剑的每场平均得分只有30几分；上赛季，旋风几乎所向披靡，而亮剑则处处碰壁……总之，一方风光无限，一方黯然神伤，两队上赛季的战绩几乎没法相提并论。

大部分人都认为如果旋风"旋"起来，鲁源亮剑纵有心"亮剑"，怕是也举不起来，毫无还手之力。有位鲁源的球迷作出的最乐观的估计是亮剑最多能撑20分钟，揭幕战很可能成为类似"老鹰捉小鸡"或"猫捉老鼠"的游戏。

开场不久，旋风队的曹世光勾手投篮命中，其动作舒展，步伐稳健，运球、躲闪、抢位、出手几个动作一气呵成，赢得阵阵掌声。随后，旋风队的王长征、刘伟连投带罚再添3分，而此时的亮剑只靠张文谦罚中1分。

让观众对亮剑刮目相看的时候发生在比赛的第15分钟。亮剑靠齐宝光投中、张文谦罚中，让比分变成了25∶24，仅落后旋风1分。如果说前15分钟亮剑只输1分大家想不到，那么第20分钟时，双方打成26平，第22分钟亮剑竟以28∶26领先旋风，更让大家始料未及。尽管上半场结束时，旋风以39∶31取得了8分优势，但是亮剑的得分也很不错。

下半场是取胜的关键。真正让大家对亮剑刮目相看的也是下半场。记得上赛季亮剑对旋风时，亮剑下半场只得到1分。正当观众以为亮剑这次会放弃下半场比赛保存体力的时候，无人可换、无路可退的亮剑队却趁着旋风"大换血"的机会，掀起了一个6∶0的得分高潮，让旋风措手不及。在离比赛结束还剩10分钟时，硬是将比分追成43∶44。亮剑技术上的突飞猛进尤其是良好的斗志和精神状态，迫使旋风紧急叫停，重新布阵。幸好重新振作的旋风队在下半场的最后10分钟里有效控制了局势，才没给亮剑队更多出手"亮剑"的机会，以56∶47的最终比分获得了揭幕战的胜利。

平心而论，旋风"刮"得很是时候，并且每次"刮"起来，都能把对手"刮"晕。另外，旋风队个人能力方面的表现比如传切配合、中距离投篮、精准罚球等等，也给现场观众留下了深刻印象。这场比赛旋风队赢在情理之中，但赢得不轻松；亮剑队的表现在意料之外，输得并不难堪。首场比赛双方都打出了高水平。旋风发挥基本正常，逐步进入状态，亮剑作风顽强，更是值得赞扬。首场比赛便如此激烈，本届比赛必定越来越精彩！

夫战，勇气也！

文化节篮球赛首日的比赛让我们对2000多年前的曹刿老夫子的那句话"夫战，勇气也！"加深了理解。

首日的首场比赛，鲁源亮剑之所以敢于"亮剑"，敢于与旋风队一争高下，靠的是勇气。亮剑对旋风可以说毫无优势，既没有体能优势，又没有技术优势；既没有战术优势，也没有心理优势；既没有整体优势，也没有个人优势。他们凭什么敢跟上届冠军叫板？靠什么敢与实力比上赛季强的旋风比？说白了就是"勇气"二字。且不讲比赛的结果如何，鲁源亮剑不畏强手、放手一搏的精神就足以赢得大家的尊重。

第二场比赛检修梦之队能够将上赛季雄姿英发、威风八面的运行幻影队打败，靠的还是勇气。上赛季运行幻影几乎人见人怕，是唯一有实力与旋风争冠军的队伍，其队员吴建勋、宋勇军、甄宏伟的实力都相当强。此次比赛中，幻影少了宋勇军，元气大伤。检修梦之队却多了一些霸气，在双方26平之后，越战越勇，更以13分的优势（48：35）结束上半场比赛。下半场梦之队的冲劲更足，不但强攻篮下屡屡奏效，长传快攻也频频得手。在梦之队的强大攻势面前，下半场开始不久，比赛便没有了悬念，最终梦之队以67：41的比分赢得了比赛。

没有勇气就没有激情，就没有创造，更没有奇迹。检修梦之队和鲁源亮剑队之所以让观众刮目相看并生出今非昔比的感慨，完全是勇气使然。没有勇气，自己的特长无从发挥；没有勇气，不但难以赢得胜利，也难以赢得观众的掌声！球场上是这样，生活中、工作中也是如此。

姜还是老的辣

　　昨天晚上，物业金盾男篮的队员们做没做好梦，我不知道，但肯定都睡得相当香甜、相当踏实。这不是因为淅沥沥的小雨下个不停的缘故，而是因为经过60分钟的艰苦鏖战，他们身心俱疲、体力透支，更是因为金盾男篮以53∶51的比分赢得了这场艰苦的阻击战的胜利，取得了"开门红"。金盾男篮的球迷们赛后对大汗淋漓的队员说："姜还是老的辣！"

　　金盾男篮与夺冠呼声甚高的四期巨鲨相比，只在经验方面占上风，其他方面都难以望其项背。从队员体力上看，金盾男篮只有李瑞可以与对手"硬碰硬"地过招。从队员速度上看，金盾男篮只有刘树雪、张福华稍微快点，而刘树雪的速度能够保持到上半场结束就已经很不错了；从队员年龄上看，金盾男篮的几名核心球员明显已经"超期服役"了，而四期巨鲨的队员都是正值当打之年；从个人技术素质上看，巨鲨这边，且不说首次亮相的"秘密武器"关志勇，上赛季曾有过惊人之举的任尚坤，球感颇佳的林勇，能内能外的郑峰，首发的付凡义、黄健、杨凤岭等"五个火枪手"，即使有三个正常发挥，也足以把金盾打得无力反击。遗憾的是，面对经验老到、稳扎稳打的金盾队，巨鲨队最终还是败了。

　　"老姜"金盾男篮赢在心理上。他们明知实力不济，上场之前便把自己放在了拼对手的位置上，如金盾刘召平所言："我们能拼则拼，有一线希望就一拼到底，拿不下算正常，有机会决不客气。"相反，四期巨鲨似乎还沉浸在上赛季狂胜金盾男篮的喜悦之中，压根儿没把对手放在眼里。据说四期巨鲨的队员曾放言："我们的主力队员只打前20分钟足矣。"关志勇首次出手命中使己队22：20领先时，四期巨鲨的球迷说，四期巨鲨不但能够将对手"吞"下，而且至少能够超出对手15分。正因为如此，接下来，刘树雪投进第一个3分时，他们没当回事；杨凤岭单打独斗连拿4分，他们仍然没在意；开场仅8分钟，刘树雪投进第二个3分时，他们仍然没感觉到问题的严重。他们过分相信自己的实力了，以至于上半场结束时，33：40落后的比分还是没有引起他们的重视。中场休息时，四期巨鲨的队员仍旧相当轻松。领队后来承认，他们的队员打了半场球还没有进入状态。而此时的金盾男篮仍然忧心忡忡，他们认为，半场领先7分，不足以取得最后的胜利，必须一鼓作气、再接再厉。

"老姜"金盾男篮"辣"在进攻上。他们认定"得分才是硬道理"，该出手时便出手，曲业臣、陈树春、刘召平等，尽管动作不像康忠宝、李瑞、刘树雪那样敏捷，却屡屡得手。

"老姜"金盾男篮"辣"在防守上。金盾男篮的防守甚至比进攻更成功，而四期巨鲨的防守却显得笨手笨脚。四期巨鲨被逼得在上下两个半场均还剩十几分钟的时候犯规次数就达到了7次。更让观众不可思议的是，金盾男篮成功"冻结"了四期巨鲨的一号主力付凡义，金盾男篮一开始就对他"关照有加"，他一持球，便立即陷入重围，很难从容出手。技术统计显示，这位上赛季明星球员直到上半场进行到第21分钟时，才命中2分。

"老姜"金盾男篮"辣"在战术上。下半场开始后，四期巨鲨终于有了"睡狮渐醒"的感觉。黄健命中使分差缩小到5分。刘召平、李瑞又齐心协力把比分再次拉开。此时，采取全场紧逼战术的四期巨鲨迫使金盾男篮频频失误。四期巨鲨乘机打了个6：0，比分变成了43：44，金盾男篮累积了半天的优势已经不再明显。付凡义下半场第13分钟的中投更让己队以45：44反超，比赛进入白热化状态。面对锋芒毕露的四期巨鲨，金盾男篮紧急叫停，及时调整，抑制了对手的进一步发挥。再次上场后，金盾陈树春拿下2分，争抢后场篮板的刘树雪造成对手犯规超过7次，罚球全中。在最后关头，金盾男篮再度领先，把压力转给了对手，自己便打起了"控制球"，并合理运用规则中对自己有利的部分——通过频频换人消磨时间。还剩最后20秒时，控制着球权的四期巨鲨仍以49∶53落后。已经急躁的四期巨鲨迅速推进到前场，这时金盾男篮按照教练的意图采取了犯规战术，但是被四期巨鲨打了个"2加1"，而终场的锣声已响，比分被定格在51∶53上，四期巨鲨饮恨失利。

金盾男篮的胜利，不但证明了"姜还是老的辣"，也让冠军的争夺扑朔迷离起来。希望受此大捷鼓舞的金盾男篮能走得更远。

虽败犹荣

算上昨天（25日）晚上对检修梦之队的比赛，竞和队（管理二）已经连输了四场，四场比赛仅积4分。虽说输了球，但是竞和队的队员，包括他们的对手、观众，都一致认为这场比赛是他们已经完成的四场比赛中得分最多、失误最少、状态最好、发挥最棒的比赛。尽管没爆冷门，但充分发挥了自己的水平，输得不惨、不难堪。

首先，竞和队进攻成功率较高。所有上场的队员都有进球且不说，丁立还投中了全场唯一的一个3分球。李宝忠的进攻也很鼓舞人心，开场之初，他在45度角的两次出手全部命中，不但为己队拿下4分，而且使比分在两度落后的情况下两度扳平。杨敏的实力在沉默中爆发，他左右开弓，全场拿下16分，成为本队得分最多的球员。

其次，竞和队士气可嘉。虽然实力悬殊，但是他们没有放弃比赛，而且在体力消耗巨大、比分差距渐渐拉大的情况下，愈挫愈勇，特别是下半场开场之初，在观众认为竞和队的心理防线可能已被击垮，甚至有可能放弃比赛的时候，杨敏、李彦红携手打了对方一个5∶0，迫使对方立即叫停，重新布阵。

再次，竞和队在篮板球方面已经有了一定的可与强队过招的底气。以李彦红为代表的竞和队部分队员在篮板球的拼抢方面已经颇具实力。这次在对阵强队的过程中，李彦红控制篮板球的能力再次得到了体现。

　　竞技体育最终还是要靠实力说话。纵观整场比赛，尽管竞和队有很多精彩发挥之处，尽管一度让竞和的球迷产生了"遇强不弱"的兴奋，但是他们的对手检修梦之队发挥得更好、更淋漓尽致、更无懈可击，整个比赛的节奏牢牢地掌控在他们的手中。一是梦之队的速度明显比竞和队快得多。他们的速度突出表现在抢断上，竞和队全场有6次成功的抢断，而梦之队达到了20次。尤其是能攻能防的田亚，竟然在不到1分钟的时间里，几乎在同样的位置接连实施了3次成功的抢断，赢得了阵阵喝彩。他们的速度还突出地表现在快攻上，双方快攻次数为17：0，不仅快攻的次数多，而且成功率特别高。统计资料显示，该队17次快攻得到28分之多。如今的梦之队是本次7支参赛队伍中速度最快的球队。二是梦之队球员基本功扎实，得分点多。柳朝凭借一流的体力和速度一举拿下22分，为全场最高分。除他之外，上场时间相对较短的曹圳得了16分。田亚的得分也达到了两位数，首次登场亮相的徐涛也很抢眼。三是梦之队配合更精妙。本场比赛梦之队的底线长传、前场短传渗透体现了球员较好的配合意识和篮球素养，特别是宋勇军、柳朝、曹圳、田亚之间的配合更是"心有灵犀一点通"，使对手的防守更显得防不胜防。竞和队孟庆军赛后直言：不是自己打得差，而是"敌人"实在太强大，虽败犹荣。

两强相争稳者胜

笔者写下这个题目的时候，既为卫冕成功的管理旋风队叫好，又为功亏一篑的检修梦之队扼腕叹息。另外，还有一点点遗憾——由于这场遭遇战的提前到来，本届篮球赛夺冠的悬念已经没有办法保持到比赛的最后。此前，梦之队和旋风队在小组赛中均已4战全胜，赛后以49：43获胜的旋风队即使在最后时刻失手让梦之队再添2分，但是冠军得主依然是旋风队。我们不知道旋风队已经或将要以什么方式庆贺自己卫冕成功，但是我们知道，梦之队冠军梦已经成梦，旋风队卫冕路已经彻底踏平。

这是一场势均力敌的比赛。尽管观众赛前对比赛的激烈程度作了全面的预测和想象，但是，比赛之激烈仍然出乎大家的预料。

由于对冠军的渴望已久，两队均尽遣主力首发。开场之初，双方都有点拘谨，以至于频频发生走步等失误动作，双方攻防四五个回合都没有形成有效的出手机会。开场接近3分钟时，梦之队刘伟的中投打破了僵局，为己队开了个好头。让旋风球迷更担心的是，梦之队的密集防守使旋风队白桦肌肉拉伤，势必会对旋风队产生不利影响。但白桦主动出手吸引对方防守，并导致梦之队犯规，2罚1中，旋风队以23：22领先。此时，梦之队的田亚发威，在左右两个底线连得4分，以26：23反超。之后田亚、刘勇为梦之队各添2分，梦之队以30：25领先。旋风队在白桦的率领下奋起直追，白桦在队友的配合下，左攻右突连进加罚得了5分，双方战成30：30。第21分钟时，双方打成了32平。之后，李京修打了对方一个"2+1"得到2分，曹世光、白桦又联手贡献4分，得分达至38分，急于在上半场结束前扳回比分的梦之队3分球屡投不中，上半场最终以38：35收场。下半场，尽管梦之队的刘勇刚开始连得4分，将比分再次反超，但求胜心切的梦之队却陷入低迷，快攻频频被断，失误屡屡增加。旋风这边的李京修、白桦、曹世光等队员开始了更稳定的发挥，双方的比分差距被拉大，刘勇最后的得分已经改变不了旋风队夺冠的局势，最终梦之队以6分之差败北。

此次比赛创下多个"最"：比赛对冠军的归属影响最大，与别的场次的比赛相比，这场比赛直接决定冠军的归属，胜者就是冠军，败者就是亚军，"成败在此一举"；比赛胜负的悬念最大，甚至到比赛终场前2分钟，梦之队仍有翻盘的可能；比赛比分咬得最紧，仅上半场就打成3次平局，比分差距始终没能拉开；对快攻的抑制最成功，两个最擅长快攻的队伍几乎都没打成几次像样的快攻。

旋风队赢在"稳"上。首先，心态稳，以我为主，以静待变，这主要是因为准备充分的缘故，全队上下做到了知己知彼。其次，贯彻战术稳，进攻线路稳，领先时稳得住节奏，落后时稳得住情绪，能按照自己的节奏和体力控制比赛，不追求花拳绣腿之类的动作，追求实际、实惠、实用。最后，防守稳，面对强劲的对手，他们宁愿自己放弃快攻，也不让对手打成快攻，有效抑制了对方的优势，争取了更多的机会，同时也使对方失误增加。

反观梦之队，他们则输在稳定性不够上。这在昨天的比赛中充分显露了出来。一是战术上存在欠缺。该队准备工作不够充分，没有做到知己知彼，尤其对对手的防守能力估计不足，没想到对手的配合那么好，没想到对手的耐力那么强。二是进攻失准。由于求胜心切，队员有快无稳，出手机会很多，成功率很低，体力消耗不少，收效甚微，尤其是在低迷状态下不能及时调整，找回状态。全队罚球命中率不足30%，心态之不稳可见一斑。从比赛过程看，梦之队刘勇得8分，田亚得8分，曹圳得6分，除田亚发挥稍稳之外，刘勇、曹圳尤其是此前屡屡建功的柳朝明显不在状态。另外，传球过于"粘手"，也丧失了一些得分的机会。

这场比赛无愧为一场经典之战，精彩之战，值得观众回味，更值得双方深刻总结！

有欲则刚

　　这是一场双方都输不起的比赛，在篮球赛场上厮杀的两支队伍都想把对手顺利拿下，也都认为这是最有希望赢的一场比赛。虽然还剩两场比赛，但明眼人一看便知，竞和队也好、亮剑队也罢，都将这场比赛看成自己的唯一"胜机"——如果不胜，就是自比赛开始六战皆负的情况。

　　说孤注一掷也好，说不成功便成仁也罢，竞和队和亮剑队一开始便摆出了一拼到底、决一死战、宁可玉碎不求瓦全的势态，不仅尽遣主力上场，而且都表现出许多精彩的"亮点"。

　　先说亮剑这边，原以为自己与金盾的实力不相上下，最后才发现与自己在同一水平线上苦苦挣扎、被称为"难兄难弟"的不是金盾而是竞和队。竞和这边，先输旋风，再输幻影，第三场败给了检修，接着又输给了状态并不十分好的四期巨鲨，如果这场比赛不能获胜，则很可能在最后关头遭遇今非昔比的金盾队。

　　竞和一亮相便给立足未稳的亮剑一个下马威——杨敏在1分钟之内连得4分，这是竞和队组队以来打得最漂亮的开局，显示了其志在必得的信心和决心。面对20∶24落后的局面，亮剑没急；接着孟庆军首次出手便命中并使比分变成20∶26后，亮剑没躁。亮剑的队长王海岩叫停比赛，告诫队员，务必稳住阵脚，务必保持争取胜利的信念。随后，王海岩连续两次中投成功，比分变成了24∶26。比分累积到30时，李德才、王海岩、齐宝光先后得分，并将比分追成30：30。前9分钟难分伯仲，战成平手。如果说此战的开局是竞和队最得意的开局的话，那么，也可以毫不夸张地说此战的开局在亮剑的战史上更为经典。双方你来我往，最后竞和凭杨敏的罚球以35：34领先1分结束上半场的比赛。

在下半场，整体上体力并不占优势的亮剑队求胜欲望丝毫未减，不仅抢断屡有亮点，个人突破、两三人之间的配合也趋默契，一度将比分追成37：37。下半场中段，尽管竞和领先5分左右，但竞和面对不疲不怠的亮剑丝毫不敢松劲，直到最后的十多分钟才稍微拉开比分，最终56：41战胜了亮剑。

这场比赛竞和队发挥超常，并且求胜的欲望始终强烈，有三点格外突出。其一，杨敏冲锋陷阵格外风光，成为制胜的关键，他连投带罚拿下18分，创个人两个赛季的得分之最；其二，一向以争抢篮板见长的孟庆军不但篮板球控制方面体现了优势，而且命中率颇高，光下半场就得6分；其三，李鹏、李彦红、张文慎等队员也保持了较好的竞技状态。

亮剑虽然输了，但斗志可嘉，精神可敬，尤其是王海岩，面对状态颇佳的竞和队，敢打能打，中距离发炮收获颇丰，底线突破也显示了很好的悟性和球感，王海岩一人得分达到了两位数，也创造了两赛季以来个人得分之最。另外，在张文谦缺阵的情况下，陈树民、齐宝光、李德才和其他球员的表现也可圈可点。

无论是亮剑队还是竞和队，他们想胜、求胜、争胜的进取心如此强烈，他们为荣誉而战的决心如此坚定。这种不畏困难、不怕强敌的信念和勇气，这种不甘落后、争取胜利的过程不正是我们一向倡导的吗？

"大逆转"

本赛季以来，还没有哪支球队上演过"惊天逆转"的大戏，不知是巧合还是为了弥补这种遗憾，昨天晚间，接连发生两场"大逆转"：运行幻影和管理竞和在经过长时间的沉闷压抑后，于比赛的最后关头成功实现"大逆转"，分别战胜了各自的对手——鲁源亮剑和物业金盾。

首场比赛幻影队开局很顺，孙国、吴建勋接连得分，5分钟打了对方一个5：0。在接下来的10多分钟里，亮剑的齐宝光突破得2分，李德才连投带罚得3分，陈树民在王海岩等队友配合下连续两次快攻得分，比分追成27：27。大约第20分钟，亮剑开始领先，上半场结束时，亮剑已经累积了4分的领先优势。这是两个赛季来亮剑首次以领先的比分进入下半场。

下半场，亮剑队丝毫不敢松懈。尽管球员年龄偏大，尽管无将可换，尽管体力明显不及对手，但他们防守的力度越来越大，拼抢越来越积极，也越来越注意球员间的配合以及篮板球的争夺。其间，齐宝光一次飞身救球，两次倒地争球，王海岩凭借个人体能优势猛冲猛抢并及时给队友穿针引线，打得相当活跃，始终控制着赛场主动权。下半场进行到第15分钟时，他们把比分优势扩大到6分——39：33。随后，虽然幻影队加强反攻，比分紧咬不放，但是，直到离终场还有3分半钟时，仍然以39：40落后亮剑。幻影的绝地反击，实际上也是该队的最后一击，这便是窦连玉的远投3分。窦连玉是本赛季遥遥领先的"3分王",曾有过一场比赛投中4个3分的骄人战绩。而下半场的第27分钟,"3分王"终于投进全场唯一的一个3分球。这是绝杀的3分,是幻影反败为胜的3分,也是彻底击碎亮剑获胜梦想的3分。比分在最后关头变成了42∶40,幻影在最后关头给了亮剑致命的一击,战胜了在大部分时间段控制局势的亮剑。

相比鲁源亮剑,物业金盾显得更为遗憾。因为亮剑虽然在结束比赛前的较长时间里占据主动,但在开局阶段却是落后的,并且一度落后过5分之多。物业金盾则不然。他们从开场第十几秒便开始领先,一路领先到终场前的2分钟……

本来竞和队在比赛还剩7分钟时,仍落后4分,就在大家认为悬念不大了的时候,宋滕德两次突破成功,使比分由41∶37变成了41∶41,在第二波的反攻中,孟庆军篮下转身投篮命中,使比分首次反超,实现逆转。随后李鹏锦上添花,将领先的优势进一步扩大,最终以45∶42反败为胜。他们不仅赢得了本场比赛,而且也实现了本赛季初制订的"成绩超过上赛季"的奋斗目标,值得祝贺!

系列	序号	书　　　名	作者	定价
教学提升系列	162	《方法总比问题多——名师转变棘手学生的施教艺术》	杨志军	30.00
	163	《用特色吸引学生——名师最受欢迎的特色教学艺术》	卞金祥	30.00
	164	《让学生爱上课堂——名师高效课堂的引导艺术》	邓　涛	30.00
	165	《拿什么打开思路——名师最吸引学生的课堂切入点》	马友文	30.00
	166	《没有记不牢的知识——名师最能提升学生记忆效果的秘诀》	谢定兰	30.00
	167	《让学生的思维活起来——名师最激发潜能的课堂提问艺术》	严永金	30.00
国际视野系列	168	《行走在日本基础教育第一线》	李润华	30.00
	169	《润物细无声》	赵荣荣　张　静	38.00
	170	《不让一个学生掉队——国际视野下的教育均衡实践》	乔　鹤	28.00
	171	《从白桦林到克里姆林宫——俄罗斯中小学教育纪实》	赵　伟	38.00